北町の爺様 1

隠密廻同心

秀彦

時代小説

二見時代小説文庫

北町の爺様1——隠密廻同心《おんみつまわり》

目次

隠密廻七変化《おんみつまわりしちへんげ》

一

中村座《なかむらざ》は今日も大入り満員だった。

「加賀屋《かがや》！」

熱気を込めた声の出どころは舞台の正面、二階桟敷《さじき》の奥に位置する立見席。

席の名前にちなんで大向《おおむこ》うと呼ばれる掛け声は、舞台の流れを心得た常連客が的確な間合いで発する、歌舞伎《かぶき》に付き物の声援だ。

文化《ぶんか》八年（一八一一）も閏《うるう》二月を含めて四月目《よつきめ》となり、今や弥生《やよい》も末に近い。陽暦《ようれき》の五月半ばを過ぎ、梅雨入りを前に緑が眩《まぶ》しさを増していた。

日本橋《にほんばし》の堺町《さかいちょう》に中村座が構える芝居小屋は熱が籠もり、すし詰めの客席は暑くなる一方だった。衣替《ころもが》えは月が明けて卯月《うづき》になってからのため、着物の裏地の下に未《いま》だ保温用の綿が詰まっているので、尚のこと暑苦しい。

満座の客は舞台に熱狂しながらも涼《りよう》を求めて襟《えり》をくつろげ、立見席の男たちは襦袢《じゆばん》の下の胸板まで露《あら》わにしていた。

人様の懐中物《かいちゆうもの》を掠《かす》めとる輩《やから》にとっては、お誂《あつら》え向きの有様だ。

折しも腕に覚えの掏摸《すり》が二人、狙いを定めた相手に迫らんとしていた。

二階桟敷奥の立見席は、掏摸に二つの得がある。

一つは席料が安く、誰が出入りをしても怪《あや》しまれぬこと。

いま一つは、値《あたい》に糸目を付けず桟敷を占める上客《じようきやく》と距離が近いことだ。

歌舞伎の弥生の興行は、桟敷に武家屋敷勤めの御殿《ごてん》女中の姿が目立つ。商家の女中が正月とお盆の藪入《やぶい》りで休みを貰うのに対し、大名や旗本の屋敷に奉公する御殿女中は弥生に宿下《やどさ》がりを許されるからだ。

大奥《おおおく》勤めの奥女中には及ばぬまでも、御殿女中の身なりはきらびやか。嫁入り前の行儀見習いで奉公をする大店《おおだな》の娘が多いため、着物はもとより艶《つや》やかに結《ゆ》った黒髪を飾る櫛に笄《こうがい》、簪《かんざし》も凝《こ》っている。

掏摸の二人が狙うのも、御殿女中たちの髪飾り。

大奥の奥女中には監視を兼ねた警固役が張り付いており、達人の域でなければ手を出し難いが、御殿女中のお供は中間《ちゅうげん》と下女ばかりで、目を晦《くら》ますのも容易《たやす》いことだ。

「加賀屋ぁ！」

懐をがら空きにしたまま大向うを発する男たちには目も呉《く》れず、掏摸どもは桟敷に忍び寄る。

舞台に立つのは中村座の看板役者である、三代目中村歌右衛門《うたえもん》。

狙われた二人の御殿女中は、共に釘付けとなっていた。

「歌様ぁ」

「素敵っ」

堪《たま》らずに声を上げる二人は、周囲のことなど目に入っていない。

当時の歌舞伎では女の客が役者に声をかけるのは慎むべきこととされ、かけられた役者は幕が引かれた後に一座の皆に蕎麦を奢《おご》るのが習わしだった。芝居好きにとってには周知の事実だが、歌右衛門は京大坂《きょうおおさか》で好評を博し、三年前に江戸へ下って早々に大当たりを取った人気者だ。御殿女中が好む時代物に限らず世話物も巧みに演じ、女《おん》形《な》《がた》もこなす芸達者となれば、歓声を抑えきれぬのも無理はあるまい。

「歌右衛門っ」

「日《ひ》の本《もと》一っ」

二階の桟敷に座った御殿女中たちも、負けじと声を張り上げる。

歓声が飛び交う中、掏摸の一人が髪飾りに手を伸ばす。

鼈甲《べっこう》の笄を抜き取った瞬間、ぐいと手首を摑まれた。

音もなく忍び寄り、犯行の現場を押さえた男は白髪頭。

半纏《はんてん》の下に腹掛けをした、居職《いじょく》の職人と思《おぼ》しき老爺《ろうや》であった。茹《う》だるような熱気の中でも前をはだけず、襟をきっちり閉じている。

すぐさま振り払おうとしたものの、掏摸は全く動けない。

老爺は万力《まんりき》の如《ごと》く掏摸の手首を摑んだまま、空《あ》いた左手で笄を元に戻す。

「歌様ー！」

黄色い声を上げる御殿女中は、何も気付かぬままである。

老爺は左手を己《おの》が半纏に伸ばし、ちらりと前をはだけた。

そのとたん、ぎょっと掏摸は目を剝いた。

老爺が半纏の下に忍ばせていたのは、袱紗《ふくさ》にくるんだ十手《じって》。

町奉行所や火付盗賊改《ひつけとうぞくあらため》の同心の手先となった岡っ引きが勝手に拵《こしら》え、これ見よがしに持ち歩く坊主十手とは違う。

無骨《ぶこつ》な握り柄《え》を飾る房《ふさ》は、御公儀から捕物御用を命じられた身の証し。それも手柄《てがら》を重ねた与力と同心しか授《さず》かれない、紫の房である。

驚きの余りに声を失う掏摸を、老爺は後ろ手に締め上げた。抗《あらが》う隙《すき》も与えずに、嵌《は》めたのは早手錠《はやてじょう》。

両手の親指を固定して、動きを封じる捕具《とりぐ》だ。

いま一人の掏摸も、同様に捕らえられていた。

犯行の現場を押さえた男は、老爺と同じく白髪頭。

古びた木綿《もめん》の着物の尻をはしょり、継ぎはぎだらけの股引《ももひき》を覗かせている。町人地で辻番所《つじばんしょ》を形だけ預けられる、身寄りのない年寄りといった風体《ふうてい》だ。

老爺たちが懐中に忍ばせた十手は、すでに隠された後だった。

いずれも身の丈《たけ》は並だが、先に掏摸を捕らえた職人風の男は骨太。手足ばかりか指まで太く、節くれ立っている。険しい山道を踏破《とうは》するのはもとより、断崖絶壁を伝い登るのも苦にしないであろう精悍《せいかん》さだ。

後に続いた男も細身ながら引き締まった体つき。単に痩せているのではなく、若い頃から鍛錬《たんれん》を重ねてきたと察しがつく。

老爺たちは無言のまま、立見席を後にして一階へ降りていく。

有無《うむ》を言わせず引っ立てた先は、芝居小屋の勝手口。

奥に設けられた楽屋に繋がる通用口である。

待ち受けていたのは、お仕着せの法被《はっぴ》を纏《まと》った二人の若い衆。

町奉行所雇いの小者《こもの》である。

老爺たちに一礼し、小者たちは掏摸どもの身柄を受け取った。

同心の雑用を務める小者は捕方として咎人《とがにん》を召し捕る御役目柄、八丁堀《はっちょうぼり》の亀島《かめじま》町《ちょう》に設けられた稽古場で日頃から捕物術の稽古を積んでいる。まして早手錠で動きを封じられたのを連行するなど雑作《ぞうさ》もない。

掏摸どもを引き渡した老爺たちは、二人して楽屋に向かう。

折しも歌右衛門は出番を終えたところであった。

「ご苦労様でございやす、旦那方」

笑顔で労をねぎらう歌右衛門に頷き返し、老爺たちは速《すみ》やかに帯を解く。

粗衣《そい》に替えて袖を通した着物は、同じ木綿物でも高価な小紋《こもん》。

あらかじめ用意しておいた、変化《へんげ》の衣装だ。

装《よそお》いを新たにした老爺たちは鏡の前に座し、慣れた手付きで刷毛《はけ》を取る。

手ずから化粧を施した上で、被ったのは黒髪の鬘《かつら》。

同じ小道具でも中村座の備品とは違う、凝った造りだ。

たちまち二人は若返り、四十絡《がら》みの大店のあるじといった姿になった。

「お見事な化けっぷり……さすが大和屋《やまとや》の拵えさせた鬘でございやすね」

隣で見ていた歌右衛門が上げる声は、感心しながらも嫉妬《しっと》交じり。

大和屋は加賀屋こと歌右衛門と華のお江戸で一番人気を争う、三代目坂東三津五郎《ばんどうみつごろう》の屋号である。

「旦那方、明日はお出《い》でになれねぇんでございやしたね」

「ああ、生憎《あいにく》と御用繁多《はんた》でな」

「楽日《らくび》には参る故《ゆえ》、悪く思うでないぞ」

さりげなく問う歌右衛門に答えるや、二人は揃って腰を上げた。

「ご苦労様でございやす」

再び掏摸を捕らえに出向く二人に、歌右衛門は変わらぬ笑顔で告げる。

「御用とあっちゃ仕方ありやせんが、くれぐれも木挽町《こびきちょう》にゃおみ足を向けねぇでおくんなせぇましよ」

「へっ、妬《や》くにゃ及ばねぇよ」

「大和屋と張り合うのも結構だが、芸の上だけにいたせよ」

破顔一笑《はがんいっしょう》する骨太の相方に続き、細身の男が生真面目《きまじめ》に告げる。

別人の如く様変わりしても、漂う風格は変わらなかった。

二

一夜が明けた空の下、二人の男が前後になって進みゆく。

昼の時間が夜より長くなって久しいものの、東の空から光が差すにはまだ早い。

向かって左手を流れる川は八丁堀。南北の町奉行所に勤める与力と同心の組屋敷が建ち並ぶ、この地の名前の由来となった運河である。

暗がりの中を連れ立つ二人の装いは、黄八丈《きはちじょう》の着流しに黒紋付。

前を歩く男の家紋《かもん》は、丸に三つ引《びき》。

後に続く男は二匹のヤモリが向き合った、珍しい紋所《もんどころ》だ。

男物ならではの染《そ》めが渋い黄八丈に献上博多の帯を締めた二人は、黒鞘《くろざや》の刀と脇差の二本差し。袴《はかま》を略した着流し姿でも、歴《れっき》とした武士なのだ。

揃いの深編笠を被っているため、顔までは見て取れない。

五つ紋付の黒い羽織《はおり》は裾《すそ》が大小の鞘に被らぬように内に巻き、博多帯を締めた腰の後ろに挟《はさ》んでいる。江戸市中の探索が御役目の廻《まわり》方《かた》同心に独特の、巻き羽織《ばおり》と称する着こなしだ。

共に紺足袋と雪駄《せった》履《ば》き。足袋《たび》の裏地が白いのも、廻方同心の特徴とされている。

「そんなに急くなよ壮《そう》さん。行く先は勝手知ったる芝居町だぜ」

連れの後ろを歩む男が、おもむろに声を上げた。体つきに違《たが》わず野太い声だ。

「何を申すか、同じ芝居町でも我らの馴染みは中村座と市村座《いちむらざ》の二丁町《にちょうまち》。森田座《もりたざ》に出向くは久方ぶりぞ」

壮さんと呼ばれた連れの男が背中越しに答える声は、低音の穏やかな響きである。

「どっちにせよ、俺たちのやるこたぁ同じさね」

「本日の御用は南の隠密廻の名代《みょうだい》だ。ゆめゆめ仕損じるわけには参らぬ故、おぬしも気を引き締めよ」

胴間声でぼやく相方を窘める口調は、歩く姿と同様に折り目正しい。

廻方同心たちは町人と接する御役目上、自《おの》ずとくだけた物言いになりがちだが、壮さんこと和田壮平《わだそうへい》の言葉遣いはあくまで武家らしいものだった。

「いちいち力《りき》むこたぁねぇだろ。お前さんの悪い癖だぜ」

「おぬしが何事も緩《ゆる》すぎるのだ、八森《やもり》」

「やれやれ、壮さんは幾つになっても堅《かて》えなぁ」

生真面目に苦言を呈され、八森十蔵《じゅうぞう》は懐手《ふところで》をして苦笑い。

二人の行く手に弾正橋《だんじょうばし》が見えてきた。

下を流れるのは紅葉川《もみじがわ》だ。

後《のち》に埋め立てられて昭和《しょうわ》通りとなる運河は、この弾正橋の所で京橋川《きょうばしがわ》に三十間堀《さんじゅっけんぼり》という、二つの異なる流れと交わる。

紅葉川を越えた二人の行く手には、京橋川の白魚橋《しらうお》と三十間堀の真福寺《しんぷくじ》橋が控えている。寄り添うように架けられた二本の橋は、紅葉川の弾正橋と併《あわ》せて三つ橋と呼ばれていた。

「面倒くせぇな。どうせならもう一本、斜《はす》に架けてくれりゃいいのによ」

ぼやく十蔵の先に立ち、壮平は白魚橋を渡りきる。

続いて真福寺橋を渡る二人に、川面《かわも》を渡った風が吹き寄せた。

新緑の候を迎えて水が温《ぬる》み、春先までの凍《い》てつく寒さが失せたとはいえ、着流しの裾を舞わせる勢いは変わらない。

川風で露《あら》わになった二人の脚は、十蔵はもとより壮平も脛《すね》が子持ちししゃもの腹の如く張っている。共に年季の入った鍛《きた》えぶりだが、肌のくすみに隠しきれない老いが見て取れた。

「ほんとに壮さんは細《こま》けぇなぁ。じじいの股《また》ぐらを覗く物好きなんざ居やしねぇよ」

へらりと笑う十蔵をよそに壮平は足を止め、乱れた裾《すみ》を速やかに直す。右の腿《もも》に銃で撃たれた痕《あと》と思《おぼ》しき、古い傷が見受けられた。

「待たせたな。急ぎ参ろう」

「へいへい」

背筋を伸ばして歩き出す壮平に続き、十蔵も悠然《ゆうぜん》と足を運ぶ。

真福寺橋を渡りきった先は、木挽町の一丁目。

表通りに沿って歩くうちに、目に見えて人通りが増えてきた。

二人より先に三つ橋を渡り、木挽町に入った者たちだ。

俗に芝居町と呼ばれる、木挽町の朝は早い。

江戸歌舞伎三座の一柱である森田座は五丁目に芝居小屋を構えている。日暮れ前の夕七つ（午後四時）までと定められた歌舞伎の興行は季節を問わず、夜が明けて早々の明け六つ（午前六時）に幕開けとなるのが常だった。

それは同じく芝居町の異名を持つ、日本橋の堺町と葺屋町《ふきやちょう》も同じこと。共に人形《にんぎょう》町《ちょう》の通りに面した二つの町は、二丁町とも呼ばれている。

堺町では江戸三座の中村座、葺屋町では市村座が、今日も森田座に負けじと朝から幕を開けることになっていた。

「こっちの客も出足が早《はえ》えな」

「大和屋の新作が目当ての客に相違あるまい」

「ああ、三津五郎の七変化《しちへんげ》かい」

「大層な評判で、客足が引きも切らぬらしい。さぞ祝儀《しゅうぎ》も多いことであろうよ」

「道理でみんな懐を重そうにしているわけだ」

深編笠越しにつぶやく十蔵の視線の先を行くのは、身なりの良い、見るからに裕福そうな者ばかり。

未だ暗い中を先導するのは、屋号入りの提灯《ちょうちん》を手にした男衆。客席の予約から幕《まく》間《あい》の弁当の手配まで請け負う、芝居茶屋《ぢゃや》の奉公人だ。

案内される人々には十蔵たちと同様に、笠で顔を隠した者も多い。

「体面を憚《はばか》るぐれぇなら、芝居見物なんぞするなってんだ」

「まことだな。したが、素性《すじょう》を知られてならぬは我らも同じぞ」

「分かってらぁな。そろそろ頃合いだぜ、壮さん」

「うむ」

二人は頷き合い、歩みを止めずに黒紋付を脱ぐ。

脱いだ羽織に刀と脇差をくるんで抱え、空いた右手で深編笠も取り去る。

折しも東の空から差し始めた朝日が、露《あら》わになった男たちの顔を照らし出す。

十蔵は目も鼻も大ぶりの、厳《いか》めしい面構《つらがま》え。

壮平は細面《ほそおもて》の整った目鼻立ち。

顔の造りは異《こと》なれど、半ば白い髪を小銀杏《こいちょう》に結っているのは同じである。

月代《さかやき》を広めに剃る小銀杏髷《まげ》は、武士と町人のいずれにも近い髪型だ。

羽織を脱いで丸腰になれば、士分とは分からない。

町人の姿となった二人は裏道に入っていく。

十蔵と壮平が入り込んだ裏道の先は、森田座の楽屋に続く勝手口。

一人の若者が血相を変えて駆け付けたのは、二人が楽屋に入って間もなくのことであった。

三

「町方役人が来てるってのは本当かい、親方っ」

その若者は楽屋に駆け込むなり、語気も荒く言い放った。筵《むしろ》を繋《つな》げた天幕越しに差す朝日が、怒りに紅潮させた顔を照らしている。

「よぉ金《きん》の字。幕開け前からご苦労だな」

楽屋の奥から若者に呼びかけたのは、恰幅《かっぷく》の良い三十男。看板役者から端役《はやく》まで共に用いる楽屋で鏡を前に置き、手ずから白粉《おしろい》を刷《は》いている。

「何がご苦労だい。挨拶どころじゃねぇだろが」

仁王立ちした金四郎《きんしろう》は、きっと男を睨《ね》め付ける。

幼い頃から剣術修行で鍛えた体は、道場通いを止《や》めて二年が経っても張りが未だに失せていない。吊り気味の目は大きく、朝日の下で鋭い眼光を放っていた。

派手な縞柄《しまがら》の着流しに、大脇差《おおわきざし》の一本差し。

武士の証《あか》しである大小の二刀ばかりか袴まで売り払い、月代を剃らずに黒々とした髪を伸ばしている。

旗本の御曹司《おんぞうし》であるとは信じ難い、無頼《ぶらい》な形《なり》と言葉遣いをしていながらも下品な雰囲気とは無縁の、筋が通った真摯《しんし》さを感じさせる若者だった。

「お前さんの声は通るなぁ。やっぱり囃子方《はやしかた》より役者が向いてるぜ」

対する男は余りある貫禄《かんろく》。白く塗られた顔は面長《おもなが》で、顎の張りが逞《たくま》しい。浴衣《ゆかた》越しに見て取れる体の造りも頑健な、堂々たる偉丈夫だ。

「今さら世辞《せじ》なんざ要《い》らねぇよ。有《あ》り体《てい》に答えてくんな」

「町方がどうのって話なら、お前さんが楽屋口でわめいたとおりだよ」

「それじゃ、本当に役人が……？」

「北の小田切土佐守《おだぎりとさのかみ》様が腕っこきを二人も寄越してくだすった。おかげさんで余計なことを考えず、芝居《しばい》に身が入るってもんさね」

立ち尽くす若者に背を向けたまま、三十男は白粉を刷くのに余念がない。

がっちりした体に纏った浴衣の柄は三《み》つ大《だい》。

大和屋の屋号で知られる、三代目坂東《ばんどう》三津五郎の紋である。

同じく三代目の中村歌右衛門と江戸一番の人気を争う、当代の三津五郎は今年で三十七の男盛り。深川《ふかがわ》の富岡八幡宮《とみおかはちまんぐう》に近い永木《えいき》の河岸に居《きょ》を構えて「永木の親方」と親しまれた、豪放磊落《ごうほうらいらく》にして親分肌の人物だ。

「そいつぁ酷《ひど》いぜ親方。おいらの腕を見込んで、森田座の護《まも》りを任せてくれたんじゃなかったのかい？」

我に返った金四郎は大脇差を放り出し、膝を突くなり躙《にじ》り寄る。

三津五郎は手にした刷毛を置き、金四郎に向き直った。

「金の字、心得違いをしちゃいけねぇよ。俺《おら》ぁ何も、お前さんをお払い箱にしようってわけじゃねぇんだ。囃子部屋で鼓《つづみ》を打つのと芝居小屋の用心棒は、今までどおりに続けてくんな」

「だったらどうして、町方なんか頼るんだい」

「背に腹は代えられねぇんだよ。お客衆の懐を狙って来やがる巾着《きんちゃく》切りどもを野放しにしといたら、芝居を観てもらうどころじゃねぇからな」

「おいらだって、好きで野放しにしてるわけじゃないよ」

「お前さんが幾らそのつもりでも、相手は尋常に勝負する気なんざありゃしねぇんだから埒《らち》は明くめぇ。奴らを狩るのに手慣れてなさる、町方の旦那方にお任せすんのが一番なんだよ」

「やっぱり、おいらじゃ力不足ってことじゃねぇか」

「いい加減に料簡《りょうけん》しろい。餅は餅屋って言うだろが」

未だ不満げな面持ちの金四郎に、三津五郎は有無を言わせず申し渡す。

それでも金四郎は納得しない。

「あんまりだよ、親方……おいらはあんたの世話になってから、命まで預けたつもりでいるんだぜ」

再び鏡に向かった三津五郎の背中を見つめ、すがるように言い募《つの》る。

三津五郎は溜め息を吐《つ》き、手に取りかけた隈取《くまどり》用の筆を置く。

「本気で言ってんのか、金の字」

向き直りざま金四郎と目を合わせ、問いかける口調は険しい。

「あ、当たり前だい」

「馬鹿野郎。旗本が命を預けるのは上様だろうが！」

気圧《けお》されながらも答えた金四郎に、三津五郎の一喝《いっかつ》が飛ぶ。

居合わせた役者たちは誰も邪魔せず、支度《したく》を終えた順に楽屋を後にする。

父親の景晋《かげくに》を含めた周囲の大人たちに愛想が尽き、生まれ育った屋敷を飛び出した金四郎が三津五郎に拾われたのは、昨年の暮れのこと。浅草界隈《あさくさかいわい》で丁半博打《ちょうはんばくち》と喧嘩に明け暮れた日々に飽き、木挽町に流れてきたのを見込まれた。

看板役者の三津五郎に気に入られ、森田座に出入りを始めた当初はお旗本の若様の気まぐれとしか見なされなかったものの、今は仲間と認められている。

芝居小屋の用心棒のみならず三津五郎の警固役を買って出て、客の付き合いで帰りが遅くなったのを永木河岸の家まで送り届ける労を厭《いと》わぬ様は、幡随院《ばんずいいん》長兵衛《ちょうべえ》に惚れ込んだ唐犬権兵衛《とうけんごんべえ》の如しと言われている。

侠客《きょうかく》らしく派手な彫物を入れると宣言するも彫師への払いが工面できず、代わりに桜の花びらを一枚ずつ、小金を得るたびにこそこそ彫り込んでいることには誰も気付かぬ振りをして、微笑《ほほえ》ましく見守っていた。

楽屋に顔を出していた贔屓《ひいき》の客たちも、野暮《やぼ》な口出しなどしない。

最後に残ったのは、大店の隠居と思しき老爺が二人。

「失礼しますよ親方」

「七変化、今日も楽しみにしておりますよ」

三津五郎にのみ呼びかけて立ち去る老爺の一人は老いても骨太で逞しく、いま一人は細身ながら引き締まった体つき。

金四郎は初めて見る顔ぶれだったが、気に留める余裕はなかった。

「壮さん、あれが遠山《とおやま》の若様かい」

「うむ。大和屋で先頃から世話になっておられるそうだ」

楽屋を出た十蔵と壮平は、声を潜めて言葉を交わす。

「俺も噂は耳にしていたが、お目にかかったのは初めてだぜ。今時の若いのにしちゃなかなかの面構えだが、まだまだ鍛《きた》えが足りねぇな」

「ご立派な口上《こうじょう》だったが、意気込みだけで一人前になれるわけではない故な」

「全くだ。餅は餅屋たぁ、三津五郎もいいことを言ってくれたぜ」

「若様もそれなりに場数《ばかず》を踏まれたようだが、喧嘩と捕物は別物だ。いずれ遠山のご家督《かとく》を継がれる身を、ごろつきどもに傷付けさせてはなるまいぞ」

「そのために、見せしめが要るんだろ？」

「そういうことだ。下手に森田座に近寄らば、御用にされると思わせようぞ」

「十人がとこもふん縛《じば》りゃ、いい脅しになるだろうよ」

「一日で召し捕るには難儀《なんぎ》な数だが、何とかいたそう。我らが木挽町まで出張《でば》るのは今日限りのこと故な」

「それじゃ、急き前《せまい》で取っかかろうかい」

「まずは桟敷に手を入れよう」

「合点《がってん》だ。俺は一階をやっつけるぜ」

「されば、私は二階だな」

「早手錠は足りそうかい？」

「多めに持参いたした故、大事ない」

「くれぐれも無茶はしなさんな。お互《たげ》えに年なんだからよ」

「その言葉、おぬしにそっくり返すとしよう」

「へへっ、その意気だぜ」

四

二人の足音が遠ざかるのを待ち、三津五郎は金四郎に向かって告げた。

「いいか金の字、俺がこれから明かしてやるのは、一座でも限られた者しか知らねぇことだ。そこらの奴は言うに及ばず、お父上にも決して喋《しゃべ》っちゃならねぇぞ」

「こ、心得た」

武士の言葉遣いに戻ったことにも気付かず、金四郎は首肯《しゅこう》する。

それを見届け、三津五郎は再び口を開いた。

「北のお奉行を動かしなすったのはな、畏《おそ》れ多くも上様なんだよ」

「上様だと!?」

「しーっ、声がでけぇぜ」

愕然《がくぜん》とした金四郎を黙らせると、三津五郎は続けて語りかけた。

「正月の興行にお出でなすった大奥の御年寄が櫛笄を掏《す》られちまって、騒ぎになったのを覚えてるかい」

「忘れるはずがないだろう。俺も疑いを掛けられて、痛くもねぇ腹をしつっこく探られたんからな」

江戸では正月と弥生に、歌舞伎の興行が欠かさず催される。

正月は商家に住み込みで働く女中が藪入りで、弥生には武家屋敷勤めの御殿女中が宿下がりで休みを貰い、こぞって見物に繰り出すのを当て込んでのことである。

御殿女中より格の高い大奥女中も例外ではなく、月を問わず豪奢《ごうしゃ》な駕籠を仕立てて大勢の供を引き連れ、芝居小屋に押し寄せるのが常だった。

その大奥で最高位の御年寄が三津五郎の舞台に見入っている最中、髷に挿していた飾り物を盗まれてしまったのだ。

幕間になって気付いたものの時遅く、犯行に及んだ掏摸は疾《と》うに姿を消した後。

町奉行所ばかりか火付盗賊改まで動員された探索の末、髪飾りは故買屋《こばいや》に廻された手配書が功を奏して無事に回収。もとより大奥に甘い将軍の家斉《いえなり》が穏便《おんびん》に取り計らわせた甲斐あって誰も処罰されなかったが、同じことが繰り返されれば御咎めなしでは済まされない。

故に家斉は弥生の興行が千秋楽を迎える前に南北の町奉行を呼び出し、しかるべく手を打つように命じたのだ。

「得心したみてぇだな、金の字」

「親方、すまねぇ」

話を聞き終えた金四郎は、恥じた面持《おもも》ちで頭を下げた。

その上で、三津五郎に問いかける。

「時に親方、北の隠密廻はいつになったら来るんだい？」

「とっくにお出でなすってるよ。気が付いていなかったのかい」

「ああ。頭に血が上《のぼ》っちまってたからな……」

「まぁ、いいやな。あちらさんにしてみりゃ、お前さんに顔を知られずに済んで幸いだろうぜ」

「だけど親方は知ってるんだろ」

「そりゃ、隠密廻の旦那方とは代々の付き合いがあるからな」

「ほんとかい⁉」

金四郎が驚いたのも、無理はなかった。

幕閣のお歴々《れきれき》の歌舞伎に対する姿勢は、一貫して厳しい。

かつて江戸三座と共に栄えた山村座《やまむらざ》を江島生島《えじまいくしま》の一件で廃止させ、近年は芝居小屋が火災で焼失するたびに、江戸城下から遠ざけようとしている。

その幕府の威光の下《もと》、江戸市中の行政と司法を担うのが南北の町奉行。

北町奉行の小田切土佐守直年《なおとし》は寛保《かんぽう》三年（一七四三）生まれの数え六十九。

南町奉行の根岸《ねぎし》肥前守《ひぜんのかみ》鎮衛《しずもり》は元文《げんぶん》二年（一七三七）生まれで、直年より六つも上の七十五だ。

共に名奉行と称《たた》えられ、市中の民から信頼を得て久しい。近年の二度に亘《わた》った江戸三座の移転話が立ち消えになったのは大奥の反対に加え、南北の町奉行が異を唱えたが故というのは金四郎も知っている。

父親と仲違《なかたが》いをしたとはいえ、金四郎は五百石取りの旗本の子息。

その金四郎も与り知らずにいたことを、三津五郎は明かしたのだ。

「隠密廻の旦那方はお奉行から直《じか》に指図を受けなさる、上様にとっての御庭番みてぇな御役目だ。御庭番は御下命《ごかめい》のたびに越後屋《えちごや》で身なりを変えるそうだがよ、隠密廻は歌舞伎芝居の楽屋ってのが習いでな……」

「初耳だよ、親方」

「そりゃそうだろうぜ。くれぐれも他言は無用にしてくんな」

「わ、分かってらぁ」

「それじゃ金の字、もうひとつだけ教えてやるよ」

驚きながらも首肯した金四郎に、三津五郎は続けて言った。

「隠密廻ってのは廻方で定廻《じょうまわり》と臨時廻を勤め上げ、年季が入った後に任される御役目なんだよ。定廻は三十から四十、五十でようやく臨時廻、その上の隠密廻は六十過ぎなきゃ務まらねぇ次第でな。北のお奉行が寄越しなすった旦那がたも、還暦《かんれき》を過ぎて久しいお方さね。二人して『北町の爺様』って異名を取った腕っこきよ」

「そんな爺さんに、御役目が務まるのかい？」

「務まるかどうかはその目で確かめな。今日は好きにして構わねぇから、とくとご覧《ろう》じろってんだ」

「……分かったよ親方。そうさせてもらうぜ」

金四郎は答えると同時に立ち上がる。

北町の隠密廻がどれほどのものなのか、しかと見極める所存だった。

「桟敷はこれで大事あるまい」

「ああ。綺麗さっぱり片付いたぜ」

「後は枡席《ますせき》だな」

「二階桟敷から見たとこじゃ、荒稼ぎの奴らが潜り込んでるぜ」

「されば、私が囮《おとり》になろう」

「いや、今日は俺に任せな」

「何故だ、八森」

「あのでかぶつが見えるだろ。あいつは荒稼ぎの頭《かしら》だ」

「うむ。手配書に載っておる風体に相違ない」

「あのでかぶつを正面切って相手取るのは、壮さんにゃきつかろうぜ」

「左様だな。おぬしに任せよう」

「その代わり、後詰《ごづ》めはしっかり頼むぜ。俺だって若くはねぇんだからよ」

「分かっておる。抜かりのう、仕掛けるといたそうぞ」

五

昨日の中村座に劣らず、森田座は大入り満員だった。

満場の客の注目を集めて止《や》まぬのは、看板役者の三津五郎。

「大和屋！」

貫禄十分に見得《みえ》を切るや、絶妙の間合いで大向うから声が飛ぶ。

三津五郎は歌右衛門と人気を競い、和事《わごと》と荒事《あらごと》を巧みに演じ分ける役者として鎬《しのぎ》を削るのみならず、踊り手としても張り合っている。

互いを贔屓にする客が大挙して殴り合いに及ぶほど争いが白熱する中、弥生の興行に三津五郎は新作の変化《へんげ》舞踊を引っ提げて勝負に出た。

題して『七枚続《しちまいつづき》花《はな》の姿絵《すがたえ》』。

まず女三《おんなさん》の宮《みや》に扮して登場し、常磐津《ときわず》と掛け合いをしながら衣装の仕掛け糸を黒子に引き抜かせ、梶原源太《かじわらげんだ》こと景季《かげすえ》に汐汲《しおくみ》、猿まわしに願人《がんにん》坊主、老女に関羽《かんう》と次々に、舞台でお馴染みの役柄に姿を変えていく。

三津五郎は和事の名手と評判を取る一方、持ち前の剛毅《ごうき》な気風が活きる荒事も得意とする名優だ。その七変化は『源氏物語《げんじものがたり》』の気丈な皇女から『三国志演義《さんごくしえんぎ》』の英傑《えいけつ》に至るまで、いずれも真に迫る出来であった。

「大和屋っ!」

「日の本一!」

大向うの掛け声も自ずと熱が籠もるというものだ。

桟敷から舞台に向けられる、女の客たちの視線も熱い。

掏摸どもにとっては格好の狙い時だが、それらしい姿は見当たらない。

二階はもとより一階の桟敷も、すでに十蔵と壮平に護られた後である。

二人は芝居小屋の表に立ち、別口の悪しき一味と亘《わた》り合《あ》っていた。

「うおっ」

六尺近い大男が、どっと地べたに叩き付けられた。

つんのめった隙を逃さず、巴《ともえ》投げを食らわせたのは十蔵だ。

金回りの良さそうな風体になりすまし、平土間で狙う相手を物色していた大男を表に誘い出したのである。

二人の相手は荒稼ぎと呼ばれる集団。狙った相手をわざと転ばせ、待ち構えていた手下と共に取り囲んで身ぐるみを剥ぐ、悪質な路上強盗のことを指す。

相手が隠密廻とは知る由《よし》もなく、十蔵に目を付けた大男は荒稼ぎを常習とする一味の頭《かしら》であった。

渾身《こんしん》の投げを喰らって悶絶《もんぜつ》する頭をよそに、手下どもはたちまち逃げ腰。

その行く手を阻んだのは、一座の下足番になりすました壮平だ。

内助の功は頭の雪駄を揃えながら鼻緒に切れ目を入れ、わざとつんのめらせただけには留まらない。

「わっ！」

「ぐえっ」

続けざまに繰り出す右手に握っていたのは、寸鉄《すんてつ》と呼ばれる隠し武器。

手のひらに握り込める大きさの鉄棒の先端をみぞおちに叩き込まれては、屈強な男も立ってはいられない。

残る二人の手下も十蔵の足払いを喰らい、仲良く地べたに転がされていた。

「火事場の馬鹿力ってやつですよ、お恥ずかしい」

駆け付けた小者に何食わぬ顔で告げ、十蔵は歩き出した。

芝居茶屋に引き上げると見せかけて裏道に入り、向かった先は森田座の楽屋。

壮平も澄まして芝居小屋に戻り、下足番の芝居を続ける。

その一部始終を金四郎は黙ったまま、ぎらつく目をして見届けていた。

何事もなく舞台の幕が閉じた後、十蔵と壮平は元の姿に戻って木挽町を後にした。

「じじいども、俺様と勝負しろい」

呼び止められたのは、三つ橋を渡る間際のこと。

日が沈み、人通りが絶えるのを待っていた金四郎だ。

「何ですかい、遠山の若様」

「お前らが捕物上手なのは見届けたよ。だけどな、刀ぁ取る身として俺より強いかどうかを確かめなくっちゃ気が済まねぇ」

憮然《ぶぜん》と応じた十蔵に、金四郎は歯を剝いた。

「生兵法《なまびょうほう》は大怪我の基にござるぞ、若様」

「そう思うなら抜きやがれ。二本差しは飾りじゃねぇんだろ」

「……そこまで仰せとあらば、お相手つかまつり申す」

溜め息を一つ吐き、壮平は刀に手を掛けた。

左手を体側に下ろしたまま、左足を軸にして半回転。

体《たい》の捌《さば》きで抜いた刀の切っ先を前に向け、大脇差を振りかぶった金四郎を見返す。

「ヤッ」

気合いと共に振るった大脇差を受け流された瞬間、金四郎の髷が斬り飛ばされた。

「お屋敷に戻り、お髪《ぐし》が伸びるまで大人しゅうしていなされ」

呆然《ぼうぜん》とへたり込む金四郎に毅然《きぜん》と告げて、壮平は歩き出す。

「お前さんの片手抜き、久しぶりに拝ませてもらったぜ」

「褒めるには及ばぬぞ。古傷で左腕が意のままにならぬ故、やむなく身に付けただけのことだ」

感心しきりの十蔵に答える声も、あくまで生真面目。

去りゆく二人を見送りながら、金四郎はつぶやいた。

「……北町の爺様、か」

三本の川を渡った冷たい風が、ざんぎり頭に染み渡る。

二人の異名《いみょう》が伊達《だて》ではないことを、川風の冷たさと共に思い知らされていた。

からくり人形

一

弥生が明けて卯月《うづき》を過ぎ、皐月《さつき》を迎えた江戸は陽暦の六月下旬。

未だ梅雨《つゆ》は明けるに至らず、夜が更けても止《や》まずにいる。

八森十蔵が暮らす組屋敷の木戸門も暗がりの中、そぼ降る雨に煙っていた。

「こいつぁ難物だな。一体どうしたもんかねぇ……」

十蔵は独りごちながら、屋敷奥の私室で煙管《きせる》をくゆらせていた。

無骨《ぶこつ》な老爺の私物らしからぬ銀の煙管は、八森家の先代にして義理の父親の軍兵衛《ぐんべえ》から受け継いだ形見の品。寝所を兼ねた十蔵の私室も、今は亡き軍兵衛が在りし日に起き伏ししていた部屋だった。

「くそったれ、面倒なもんを置いてきやがって……」

厳《いか》めしい顔を更に顰《しか》める十蔵の傍《かたわ》らで、和田壮平は黙して膝を揃えていた。

左の肘《ひじ》を右手で支え、腕組みをした姿勢は自然なもの。帯びた刀を抜き差しする際に鞘《さや》を引き、振るう際には軸となる左の腕が意のままに動かせぬとは、傍目《はため》には見て取れまい。

共に北町奉行所で隠密廻同心として働く十蔵と壮平は、組屋敷も隣同士だ。

八森家と和田家に婿入りし、代々の御役目と家督を継いだ時期も同じであった。

床に就く前のひと時を一緒に過ごす二人の装いは、木綿物の古びた単衣《ひとえ》。

今日は端午《たんご》の節句の衣替え。卯月の朔日《ついたち》に保温用の綿を抜いたのに続いて裏地まで外《はず》し、夏の装いとなったばかりだ。

出仕用の装いである黄八丈も袷《あわせ》から単衣に直され、五つ紋付の黒羽織と一緒に部屋の衣桁《いこう》に掛けてある。足袋は重陽《ちょうよう》の節句で秋の衣替えをするまで履かぬのが決まりのため、廻方同心の特徴とされる裏白の紺足袋にしばらく出番はない。

暦《こよみ》の上では夏とはいえ梅雨の最中、とりわけ夜は冷気が増す。十蔵も壮平も単衣に袖なし羽織を重ね、湯上りの体を冷やさぬように心がけていた。

黙ったままの壮平に続き、十蔵も口を閉ざした。

火皿の煙草《たばこ》が燃え尽きる端から灰吹きに捨て、せわしなく詰め替える。

漂う紫煙《しえん》が途切れたかと思えば、濃さをたちまち増していく。

黙り込んだ二人の耳に聞こえてくるのは、屋根に降り注ぐ雨垂れの音ばかり。

ふと、壮平が口を開いた。

「おぬし、義父殿《おやじ》に似て参ったな」

「どうした壮さん、藪から棒に？」

「義父殿も考え事をなさる折には必ず、その銀煙管を手にしておられたではないか」

「言われてみりゃ、そうだったたっけな……俺のとっときの國分《こくぶ》を勝手に吸われちまうのも、毎度のことだったけどよぉ」

「故人に恨み言を言うても始まるまいぞ」

「そりゃそうだけどよ、思い出したら腹も立つさね」

「文句もあろうが、義理と申せど親子は似るものらしいな」

「そいつぁお前さんも同じだろ、壮さん」

「左様か？」

「だんまりを決め込んでた時の顔が、和田のおやっさんにそっくりだったぜ」

「ふむ……左様なことを言われたのは初めてだが」

「それそれ、その真面目くさった顔だよ」

「これ、からかうでない」

憮然とした声で答えながらも、壮平の端整《たんせい》な顔に怒りの色はなかった。

三十年来の付き合いとなる十蔵の悩み事に、察しがついたからだ。

「ところで八森、未だ見通しは立っておらぬのか」

壮平に問われるや、十蔵は怪訝《けげん》な顔をした。

「見通しって、何のことだい」

「決まっておろう。十日前の殺しの件だ」

「十日前ってぇと、浜町《はまちょう》の細工師《さいくし》殺しか」

「左様」

壮平が生真面目に答えると、十蔵は黙り込む。

しばしの後に、壮平は問い返された。

「……なぁ壮さん、そいつぁ本気で言ってるのかい？」

こちらの目を覗き込みながら語りかけてくる様は、子どもを諭《さと》そうとする親のようである。

壮平は憮然と言い返した。

「当たり前だ。難しきことなれば見通しが立たず、思い悩んでおったのであろう」

言葉を濁すことなく切り出すや、十蔵は破顔一笑した。

「おいおい、冗談もいい加減にしてくんな」

「冗談など言うてはおらぬ」

苦笑交じりに告げられて、壮平は立腹しながらも戸惑わずにはいられない。

「あの件だったら、とっくに見通しはついてるよ」

「まことか」

「動かぬ証しってやつを、いま由蔵《よしぞう》に探させてるとこなんだよ」

「左様であったのか……して、その証しとは何だ」

「細工師に引導を渡した毒の、ほんとの出どころさね」

戸惑いを隠せぬ壮平に、十蔵は確信を込めて答えた。

ここまで言い切られては、壮平は己《おの》が不明を認めるより他になかった。

「私としたことが、とんだ見立て違いであったな」

「まったくだぜ壮さん。こういう時は余計な気なんぞ遣わずに、俺が答えを出すのを待っててくんな」

「面目《めんぼく》ない。長い付き合いと申すに、未だ慣れぬな」

「お前さんは面倒見がよすぎるんだよ。知恵を借りてぇ時にゃ、こっちから頼むぜ」

恥じ入る壮平に十蔵が向ける、明るい笑顔に嫌味はない。

「されば、おぬしは何を悩んでおったのだ」

「ああ、源内《げんない》のじじいが小伝馬町《こてんまちょう》の揚り屋でおっ死《ち》ぬ前に杉田《すぎた》先生んとこに置いてたっていう書き付けを、こないだ預けられちまってな……どうしたもんかと思案してたんだよ」

「源内と申さば、おぬしの師であられた平賀《ひらが》源内先生のことか」

「止せ止せ、先生なんてご大層に呼んでやるこたぁねぇよ。お前さんのお師匠だった工藤平助《くどうへいすけ》先生と比べりゃ、くそじじいで十分さね」

「仮にも恩師を捕まえて無礼を申すでない。我らとて、じじい呼ばわりをされる年となりて久しい身なのだぞ」

壮平は真面目に諭したものの、十蔵に本気で腹を立ててはいなかった。

十蔵は秩父《ちちぶ》の山育ち。伝法《でんぽう》な振る舞いが板についた外見からは信じ難いが、八森家先代の軍兵衛に見込まれて婿に入る以前は本草《ほんぞう》学者を志していた。

秩父へ銀の鉱脈を探しに訪れた平賀源内に啓発されて弟子入りし、共に下った江戸で十蔵が得た人脈は、今は隠密廻同心としての御役目に活《い》かされている。

蘭方《らんぽう》の名医である杉田玄白《げんぱく》も、その一人だ。

かの『解体新書《かいたいしんしょ》』の刊行を主導した偉業に留《とど》まらず、若狭小浜藩《わかさおばまはん》の上屋敷で藩医を務めながら開いた私塾で幾多の後進を育て上げ、江戸の蘭学者《らんがくしゃ》の長老格となった玄白は当年七十九。若き日の十蔵に目を掛け、奇才なれど放漫《ほうまん》だった友人の源内の抜けを補い、医者の視点から教えを授けた一人であった。

その玄白から源内の遺品を託されたとなれば、扱いに悩むのも無理はあるまい。

「余計な気を廻してしもうて相すまぬ」

「何も謝るこたぁねぇだろ。また明日な、壮さん」

十蔵に見送られ、壮平は番傘を手にして家路についた。

二

その殺しが起きたのは十日前、月が明ける間際のこと。

卯月の江戸は猖獗《しょうけつ》を極めた流行《はや》り風邪がようやく沈静化し、市中の民が落ち着きを取り戻した矢先だった。

事件の現場となったのは小浜藩の上屋敷にも程近い、日本橋浜町河岸の町人地。

殺害されたのは、からくり人形と和時計を手掛ける機巧《きこう》細工師。

『機巧絡《がら》みの事件かい……こいつぁ剣呑《けんのん》だぜ、壮さん』

事件の第一報を耳にした時、十蔵は不敵な笑みを浮かべて壮平に言ったものだ。

機巧とは、ぜんまいやばねを組み合わせた仕掛けを意味する言葉で「からくり」とも読む。

戦国の昔に伝来した機械時計の仕組みを研究し、国産化に成功したことを皮切りに進歩を遂《と》げた機巧は、乱世が終焉《しゆうえん》して江戸に幕府が開かれると新たな発展を見せ、仕掛けによって様々な動きを見せる人形が作られ始めた。

こうして日の本で独自の進歩を遂げた機巧の原理が解き明かされ、からくり人形の設計図と共に世に出たのは、寛政《かんせい》八年（一七九六）。

題して『機巧図彙《からくりずい》』。

著者の細川半蔵《ほそかわはんぞう》は土佐藩《とさはん》の郷士《ごうし》だったのが幕府の天文方《てんもんかた》に登用され、寛政の改暦に携わった算法家《さんぽうか》にして、国許で「からくり半蔵」と呼ばれた機巧細工師だ。

足利将軍家の管領《かんれい》から土佐国の守護代となった細川一族の末裔《まつえい》と伝えられ、頼直《よりなお》という本名の半蔵は『機巧図彙』の刊行直後に亡くなり、死因は未だ明らかにされていない。藩主の山内家《やまうちけ》に元々仕える上士が幅を利かせた土佐藩で才を認められ、江戸に下って名を馳《は》せたことが災いし、嫉妬を買って毒殺されたとも言われている。

殺害された細工師は、元々は算法家。

かつて同じ門下で半蔵と席を並べ、共に学んだ身であった。

殺しの現場に足を運ぶ際、壮平は医者を装うのが常である。

隠密廻同心は可能な限り、素顔を余人に明かさない。

そこで検屍《けんし》を依頼された町医者になりすまし、事件が発生した界隈を持ち場とする定廻同心と共に出向くのだ。

十蔵は同行するのに黒髪の鬘を用いて北町奉行所雇いの小者に化けるが医者は十徳《じっとく》を羽織り、慈姑《くわい》と呼ばれる束ね髪にすれば、白髪のままで事足りる。

壮平は実際に医術を修め、多くの患者を治療してきた身だ。

左の腕が不自由になったために廃業を余儀なくされ、和田家の先代に見込まれて婿に入る以前は腕利きの蘭方医として、将来を嘱望《しょくぼう》されていた。

かつての如《ごと》く腕を振るうことはままならぬが、医業で培《つちか》われた鑑識眼《かんしきがん》は未だ健在。

その知識と経験を以《もっ》てしても、こたびの機巧細工師殺しは手に余る事件であった。

外傷はどこにも見当たらず、毒を盛られて絶命したのは間違いあるまい。

しかし壮平が知る、どの症例にも合致しない。

発作を起こしたわけではなく、調べたところ持病も抱えてはいなかった。

「和田さん、八森さん、こいつぁお手上げですよ」

医者と小者を装った二人と共に北町奉行所へ引き上げた後、定廻の若い同心が泣きを入れたのも無理はなかった。

この手の殺しに悪用されることの多い砒素《ひそ》――俗に石見銀山鼠捕り《いわみぎんざんねずみと》と呼ばれ、殺鼠剤《さっそざい》として誰にも怪しまれず手に入る毒物が用いられたのであれば、検屍は町方同心が常に懐に入れて持ち歩く、平打ちの簪一本で事足りる。砒素は銀に反応し、たちまち黒くなるからだ。

不可解なのは、外傷が皆無だったことだけではない。

殺された細工師は妻子を持たず、河岸沿いの町人地に独りで住んでいた。

日頃から用心深く、戸締まりには心張り棒ではなく錠前《じょうまえ》を、それも自ら工夫をした複雑な造りのものを用いていた。

その錠前を殺しの下手人《げしゅにん》は容易く《たやすく》破って侵入し、目的を遂げると夜陰《やいん》に乗じて姿を消したのだ。

工房を兼ねた住まいには少なからぬ額の金子《きんす》に加えて、細工師が注文を受けて完成させた各種のからくり人形が置かれていた。

茶運びを始めとする芸を達者にこなす人形は市中の好事家《こうずか》のみならず、大名や旗本の人気も高い。まとめて売り払えば、何百両にもなったことだろう。

だが下手人は何一つ持ち出さなかったばかりか、現場に一体の人形を残していた。

亡き半蔵の『機巧図彙』を基にして造られた、茶運び人形。

技術そのものは同門の半蔵から生前に教えられたという細工師のほうが上だが素人の手によるものではない、精巧な造りだった。

その人形が仕舞屋《しもたや》の廊下を渡り、工房で夜なべ仕事に勤しんでいた細工師の許《もと》まで運んだ茶碗は手つかずのまま、板敷きの床に転がされていた。

割れた碗に付着していた茶を調べたところ、多量の砒素が検出されたが、そもそも死因とは一致しない。

何者かが細工師に激しい殺意を抱き、からくり人形まで持参の上で侵入したことは間違いないものの、命を絶たれた原因は別物。

どこの誰がどのようにして、この殺しを成立させたのか？

「八森、これは剣呑と申すよりも不可解ぞ」

自他共に厳しい壮平も、弱音を吐いた後輩の定廻同心を叱れなかった。

ところが、すでに十蔵は見通しが立っているらしい。

こういう時は答えを明かしてくれるまで待つより他にないことを、壮平は三十年来の付き合いを通じて知っている。その答えに驚かされるのも、毎度のことであった。

三

十蔵の一日は四季の別なく、朝餉《あさげ》に舌鼓《したつづみ》を打つことから始まる。

「あー美味《うめ》え……いつもながら、ばさまの料理は絶品だぜ」

今朝の献立は、炊きたての飯と豆腐の味噌汁に煮物。

先月から八丁堀では与力と同心の一同が喪《も》に服しているため、十蔵の前に置かれた朝餉の膳にも生臭物《なまぐさもの》は見当たらない。

「ばさま呼ばわりは止《や》めてくださいよう。あたしゃ旦那より十も下なんですから」

十蔵の誉め言葉を受け流し、渋い顔で答えたのは通いの飯炊き女。福々しく肥えてはいるがつぶらな瞳が愛らしい、五十過ぎの後家《ごけ》である。

「なぁお徳《とく》、お前さんが八森家《うち》に来てくれてから何年になるんだい」

「今年でもう五年ですよう」

「するってぇと五十五か。成る程、俺より十も下だなぁ」

「覚えていなさるなら訊かないでくださいよ」

「まぁまぁ、機嫌直してお代わりをよそってくんな」

「あら、もう召し上がっちまったんですか？」

お徳はつぶらな瞳を丸くした。

煮物を山盛りにして供したはずの小鉢が、いつの間にか空っぽになっている。飯と味噌汁はおひつと鍋を部屋まで運んであるが、竈《かまど》の火に掛けてある煮物のお代わりをよそうためには、いちいち台所へ戻らなくてはならない。

「好物ってのは箸が進むもんだよ。急《せ》き前《まい》で頼むぜ」

「まったく、手間のかかる旦那ですよう」

お徳はぷりぷり怒りながら空《から》の小鉢を盆に載せ、十蔵の部屋を後にした。

八森家の台所は、廊下に面した部屋を二つ横切った先にある。

三十俵二人扶持の町方同心は門を設けることを許されず、表の構えこそ左右二本の柱の間に木戸が付いているだけの簡素なものだが、屋敷内は間取りも広い。

年季の入った台所では、煮物の大鍋が湯気を立てていた。

竈は焚き口から薪《まき》を引き出し、焦げ付かぬように火勢を弱めてある。

筍《たけのこ》は春に食するものだが、お徳が煮物にしたのは乾し筍。十蔵が生まれ育った秩父の実家から毎年届く、自家製の品だ。慣れた手付きで煮物をよそう、お徳の顔には明るい笑み。腹を立てた振りをしては見せたものの、今朝も気分は上々であった。

下駄職人の夫を流行り病で亡くし、頼りになる子どももいないお徳にとって、八森家は働き甲斐のある奉公先だ。

年俸三十俵二人扶持の町方同心だけに給金は大した額ではなかったが、十蔵は臨時の収入があれば心づけを弾《はず》んでくれる。裏店《うらだな》住まいの後家が独りで暮らすのに不自由はなく、蓄えができる程度の余裕もある。

あるじの十蔵は口こそ悪いが理不尽に叱りつけたりはせず、お徳の年を覚えていたことから分かるように、実は気配りもできる質《たち》。何よりも、朝夕の食事を美味そうに食べてくれるところが喜ばしい。手間暇を惜しむことなく、年季の入った料理の腕を振るう甲斐もあろうというものだ。

「お待たせしました、旦那」

「おう」

部屋に戻ったお徳が湯気の立つ小鉢を供すると、十蔵は嬉しげに微笑んだ。

「こいつぁ戻すのに手間がかかるんだよなぁ。いつも水換えが面倒だろ」

「慣れちまえば苦になりゃしませんよう。手間をかけるほど、いい味も出ますしね」

「ははは、死んだおふくろも同じことを言ってたよ」

「えっ、里長《さとおさ》のお内儀《ないぎ》様が水仕事をなすっていたんですか」

「山里ってのはそういうもんだよ。奥方気取りでお高く留《と》まってたら、里の女たちは動きやしねぇ。もちろん亭主も山仕事にばりばり励んで、手本を示さにゃならねぇんだけどな」

「ほんとなら旦那がお家を継ぎなすって、里長になるはずだったんでござんしょう」

「もとより俺にそんな器量はねぇよ。弟様が後を継いでくれて良かったって、里じゃみんなが言ってるぜ」

「そんなのは建前《たてまえ》で言ってるだけですよ。ずっとお帰りになっていないんでしょう」

「今さら帰れるはずがねぇだろ。江戸で学費にするって駄々をこねて、大事な山まで売らせちまったんだからなぁ」

しみじみと語りつつ、十蔵は乾し筍を嚙み締める。

子どもの頃から慣れ親しんだ一品は美味い中にも、一抹《いちまつ》のほろ苦さを孕《はら》んでいた。

壮平が迎えに出向いた時、ちょうど十蔵は出仕の支度を終える間際だった。

「壮さんかい。ちょいと待っててくんねぇ」

「まだ早い故、急くには及ばぬぞ」

「今朝はいつにも増して早起きじゃねぇかい」

「大事ない……ちと目が冴えてしもうただけだ」

「へっ、お互《たげ》えに年を取ると眠りが浅くなるばっかりだな」

事件の見通しが気になるせいとは明かさぬ壮平に笑みを向けつつ、十蔵は腰高に巻いた帯を締める。自ら着替えをするのは、男やもめになる以前から慣れたものだ。

「旦那、夕餉《ゆうげ》のお菜《さい》は何になさいますか？」

お徳が壮平に茶を供すると、続いて十蔵に問いかけた。

「わざわざ用意するにゃ及ばねぇよ。今日から帰りが遅くなりそうなんでな、飯だけ炊いておいてくれりゃ、後は煮物を温め直せば十分さね」

「旦那はそれでよろしくても、間借りの先生がいらっしゃるじゃないですか」

「駱駝《らくだ》なんぞ適当にあしらっときゃいいんだよ。そうさな、青菜《あおな》のおしたしでも食わせておきねぇ」

「誰が駱駝じゃ、この山猿め」

へらりと笑った十蔵に、憮然と絡む声が聞こえた。

襖《ふすま》を開けるなり顔を見せたのは、ひょろりとした一人の老爺。

禿頭《はげあたま》に長い首、黒目勝ちの双眸《そうぼう》が、たしかに駱駝そっくりだ。

与力と同心は組屋敷の空き部屋を人に貸し、副収入を得ることを黙認されている。

八丁堀は江戸で一番と言われるほど治安が良く、医者や諸芸の師匠などが金に糸目をつけずに住みたがるため組屋敷を丸ごと賃貸に出して高利を得、町奉行所には別に安く借りた家から出仕をする者も少なくなかった。

十蔵が人を住まわせているのは玄関寄りに設けられた、八畳と十畳の二間である。

駱駝に似た老爺が出てきたのは、床《とこ》の間《ま》が付いた十畳間。

本来は客間として空けておくべきところだが、八森家では無用な部屋だ。

同じ廻方でも定廻は市中見廻りの持ち場に店を構えている商人からの付け届けに事欠かず、揉め事があれば内々に相談をしに訪れるため千客万来だが、隠密廻はその手の役得とは無縁。決まった見廻りの持ち場がなく、身なりを変えて探索に出向くばかりで同心たちが必ず一人は荷物持ちとして雇う小者も置いていないため、私室の他に部屋を必要としていなかった。

その空き部屋の中でも広い一室を別宅として借りている、老爺の名は司馬江漢《しばこうかん》。

日の本における銅版画の祖として名高い絵師であり、蘭学の知識も併せ持つ江漢は平賀源内の門下に属し、同い年の十蔵とは若い頃から付き合ってきた悪友同士だ。

「おや江漢、今朝はやけに目が円《まる》いじゃねぇか。そろそろ雨も上がりそうだな」

「何をぬかすか。人様の目玉を猫のように言うでない」

「お前さんは猫じゃなくて駱駝だろ。鼠が捕れるわけじゃなし」

「うぬは幾つになっても口が減らぬな……源内先生も草葉の陰で、さぞ嘆いておられることであろうよ」

十蔵の毒舌にいちいち言い返しながらも、江漢の態度はどこか楽しげ。

憮然とした表情は失せ、本物の駱駝さながらの笑みまで浮かべている。

世間では人間嫌いで通っており、生前の源内を通じて知り合った蘭学者たちと揉め事を起こしがちな偏屈《へんくつ》ぶりとは真逆の、好々爺《こうこうや》めいた面持ちだった。

「源内のじじいもじじいさね。このぐれぇのことで嘆くぐれぇなら、いっそ化けて出てきやがれってんだい」

「そうだのう……幽霊であろうとも、いま一度お会いしたいぞ」

「何も焦《あせ》るこたぁねぇやな。いずれあの世で会えるんだからよ」

「さもあろう、さもあろう」

毒づきながらも切なげな十蔵の声の響きを察してか、江漢は微笑んだ。

「先程から和田殿がお待ちだぞ。わしに構わず、早う参れ」

「へっ、駱駝に言われなくても分かってらぁな」

出がけの挨拶代わりに憎まれ口をたたくと、十蔵は壮平に向き直る。

「待たせたな壮さん、それじゃ行こうか」

「うむ。江漢殿、朝からご無礼をつかまつり申した」

「痛み入り申す。今日も山猿の世話をよしなに頼みますぞ」

壮平の挨拶に答える江漢は、一転して折り目正しい口調。

悪友とやり合う時は負けずに毒づく江漢だが、廻方の同心らしからぬ上品な立ち居振る舞いを常とする壮平に対しては、礼を尽くすのを忘れなかった。

四

数寄屋橋《すきやばし》と呉服橋《ごふくばし》。

江戸の町奉行所は、千代田《ちよだ》の御城の外壕《そとぼり》に架かる橋を渡った先に在る。

かつて鍛冶橋御門《かじばしごもん》の内に置かれた中町《なかまち》奉行所は紀州徳川家《きしゆうとくがわけ》の当主だった吉宗《よしむね》が八

代将軍になると間もなく廃止され、今は南と北の二つのみ。正式には町奉行所ではなく御番所《ごばんしょ》と呼ばれ、二人の奉行は市中の司法と行政を司《つかさど》るのみならず、公事《くじ》と称される民事の訴訟にも月番で対処する。

多忙が故に無理を重ね、過労死する奉行も少なくない。先代の北町奉行だった小田切土佐守直年も、在職中に落命した一人である。

去る卯月の二十日に急逝した直年の後を受け、同月二十五日に呉服橋御門内の北町奉行所に赴任したのは永田備後守正道《ながたびんごのかみまさみち》だ。

当年六十の新たな北町奉行は、かねてより黒い噂が絶えぬ男。

私腹を肥やすことしか頭にないと、専《もっぱ》らの評判であった。

折しも正道は身支度を終え、奉行所の奥に設けられた役宅を出る間際だった。

常着《つねぎ》の着流しと袖なし羽織に変えて纏ったのは、午前中に欠かさず登城するための装束《しょうぞく》である、帷子《かたびら》と肩衣《かたぎぬ》に半袴。夏場以外は裃《かみしも》の下に熨斗目《のしめ》の着物を着用する。

「殿、ご無礼をつかまつりまする」

「何じゃ」

敷居際から告げてきた内与力をじろりと見返す正道は、肥えた体に見合って頬の肉も分厚い。それでいて身のこなしは切れがあり、側仕《そばづか》えの者が差し出す脇差を帯びる所作《しょさ》も慣れたものだった。

「隠密廻の両名が、お目通り願いたいと参っておりまするが……」

「構わぬ。通せ」

「ははっ」

正道に憮然と命じられ、内与力は廊下を急ぎ渡りゆく。

程なく伴《ともな》われてきた十蔵と壮平は、揃って敷居際に平伏した。

「お早うございやす、お奉行」

「ご出仕前に恐れ入りまする」

「うむ。大儀《たいぎ》である」

正道は半袴の裾を捌き、上座に膝を揃えて二人を迎え入れた。

本来は与力しか目通りを許されぬ町奉行と間近で接することができるのは、直々に命《めい》を受けて探索御用を遂行《すいこう》する、隠密廻同心だけに許された特権だ。

「おぬしたちの働きぶりは存じておる。年季が入っておるだけのことはあるの」

「滅相《めっそう》もねぇ。お褒めに与るほどのことはしちゃおりやせんよ」

すかさず答える十蔵の口調は伝法ながら、いつもと違って礼儀を払ったもの。

傍《かたわ》らで壮平は無言のまま、折り目正しく頭を下げる。

「揃うて謙虚なことだの」

正道は機嫌よさげに微笑みながらも、目まで笑ってはいなかった。

「恐れ入りやす。ところでお奉行、浜町河岸の一件でございやすが」

「やはり、朝駆けで参ったのはそのことか」

「お奉行は若え頃から仕事の速いお方だと、聞き及びやしたんでね」

「左様か」

十蔵の不躾《ぶしつけ》な物言いを咎めることなく、正道は続けて言った。

「その儀は身共《みども》が裁くには及ばぬことなれば、おぬしに任せる」

「心得やした。かたじけのう存じ上げやす」

「礼を言うには及ばぬ」

微笑みを収めた正道と十蔵が交わすのは、壮平の与り知らぬやり取りだった。

十蔵は気付かぬうちに正道と交渉し、話を付けていたらしい。

「くれぐれも死人を出しては相ならぬぞ」

「もとより承知でございやす」

「ならば構わぬ。好きにせい」

十蔵との話を終えるなり、正道は立ち上がる。背を曲げることなく腰を上げ、廊下へと歩み出る動きは機敏。

壮平は十蔵と共に平伏し、押し黙ったままでいた。

五

同心部屋に戻ると、一人の若者が待っていた。

「旦那方、御役目ご苦労様でございやす」

「よぉ由蔵、早かったな」

「そりゃもう八森様の御用となりゃ、うちの旦那に否《いな》やはありやせんから」

「そうは言っても奉公先だろ。不義理があっちゃならねぇぞ」

「へい、常々肝《きも》に銘じておりやす」

十蔵に答える若者の態度は、礼儀正しくも打ち解けている。

後に藤岡屋《ふじおかや》の屋号で古本屋を開業し、情報通として有名になる由蔵は遠山金四郎と同い年の数え十九。

生糸《きいと》の売買で栄えた上野国《こうずけのくに》の藤岡宿に生まれ育ち、七年前から江戸で奉公している埼玉屋《さいたまや》は御城中への出入りも許された、御公儀御用達《ごようたし》の植木屋だ。

「元気そうだな、おぬし」

「へい、おかげさんで達者にしておりやした」

壮平に声をかけられても構えず答える態度は、礼儀正しくも人懐っこい。

十二の年から埼玉屋で人足として働く由蔵は若いながらも筆が立ち、仕事の合間に見聞きした江戸市中の諸相《しょそう》を記録している。生まれる以前に起きた出来事についても調べたことを書き綴り、後の世に残そうとするほど熱心だった。

そんな由蔵の才を十蔵は見込み、かねてより事件の調べに協力をさせている。

やっていることは町人として暮らしながら探索をする下《した》っ引《ぴ》きと同じだが、隠密廻同心から直《じか》に指図を受けて動く立場となれば、十手こそ持ってはいないが岡っ引きに等しい存在。埼玉屋のあるじも由蔵の扱いには融通《ゆうずう》を利かせ、店の仕事の合間に探索を手伝うことを認めている。

十蔵が由蔵に与えた見返りは組屋敷の八畳間を開放し、書き溜めた記録の置き場にさせること。住み込みで奉公をしている身のため泊まることはなかったが、人足仲間と共に寝起きする部屋に置いておけば盗まれかねない記録を運び、安全に保管できるとあって大いに喜んだ由蔵は、十蔵のために動く労を厭わずにいた。

「俺を訪ねてきたってことは、見つかったのかい」

「へい、こちらでございやす」

十蔵に促された由蔵は、持参の風呂敷包みを広げた。

現れたのは舶載品《はくさいひん》と一目で分かる、装飾が施された茶碗。

一見《いっけん》すると銀を用いたとしか思えない、華やかな装飾であった。

「よく見つかったなぁ。どうやって手に入れたんだい」

「旦那のお指図どおり、浜町河岸の界隈を縄張りにしている古物買《ふるものが》いの連中を片っ端から訪ねて回ったんですよ。運よく三人目で当たりがついた次第で」

「そいつは誰かから買い取ったのかい」

「違いますよ。これも旦那のお見立てどおり、裏店の芥溜《ごみた》めに転がってたのを拾ってきたそうで」

「やっぱりかい」

「最初は渋っておりやしたがね、この茶碗に口をつけたら大の男もお陀仏《だぶつ》だ、見た目の綺麗さで騙《だま》して売りに出したら罪に問われる代物《しろもの》だぜって脅し付けたら、あっさり手を引きましたよ」

「上出来だぜ、由の字。無駄な銭を遣わずに済んでよかったなぁ」

「へへっ、このぐらいは朝飯前ですよ」

褒められて微笑む由蔵は小柄ながら肩幅が広く、十蔵に及ばぬまでもがっちりした体つき。植木屋の人足仕事で鍛えられているだけあって、そこらのごろつきが相手の喧嘩ならば引けを取らないことは壮平も知っていた。

「ところでお前さん、手はきっちり洗ったかい」

「へい。古物買いの親父にも同じようにさせました」

「こいつぁほんとに命取りになっちまう代物だからなぁ。その風呂敷は俺が買い取るからよ、用が済んだら燃やしちまおう」

「どうせ貰いもんですし、お代なんぞ要りませんよ」

「そうはいかねぇやな。お前さんからは部屋代を受け取らねぇ代わりに、屋敷の庭木の手入れもしてもらってるこったしな。少ねぇがとっときな」

十蔵は由蔵に小銭を握らせると、慎重な手つきで茶碗を包み直した。

「それじゃ壮さん、出かけようか」

由蔵を帰した十蔵は、包みを片手に壮平に向き直った。

「何処《いずこ》へ参るのだ」

「馬喰町《ばくろちょう》だよ。こいつを見せなきゃならねぇ野郎が泊まってるんでな」

「されば、その者が細工師を」

「そこんとこは俺もまだ分からねぇ。知っているのは、この物騒《ぶっそう》な代物だけさね」

六

十蔵が壮平と共に出向いた馬喰町は、浜町河岸とは目と鼻の先。

公事宿《くじやど》が軒を連ねることで有名な通りには、手頃な旅籠も多い。

「邪魔するぜ、お若いの」

十蔵が訪ねた相手は、一軒の安宿に逗留《とうりゅう》していた若い男。

時計師という触れ込みで、土佐から江戸に出てきた身であった。

「町方の役人が何の用ぜよ」

「何も構えるこたぁねぇやな。お前さんに見てほしいもんを持ってきただけさね」

お国言葉で凄みを利かせる男に、十蔵は風呂敷包みを広げて見せた。

「なぁ、この茶碗に覚えがあるかい」

「知らん」

「ほんとかい？」

「知らんもんは知らんぜよ」

重ねて問うた十蔵を、きっと男は見返した。

若いながらも眼光の鋭い、恐れを知らぬ眼差しだ。

「ほんとに知らねぇんならいいんだよ。邪魔したな」

十蔵は何食わぬ顔で茶碗を包み直し、壮平を促して腰を上げた。

表の通りに出た十蔵と壮平は、向かいの旅籠の二階に部屋を取った。

しばし歩いて裏道に抜け、勝手口から入り込んでのことである。

「さて壮さん、順を追って種明かしをしようかね」

「頼む」

「まずは、この物騒な代物だな」

「うむ。銀紛《ぎんまが》いの細工に曰《いわ》くがあるようだが」

「こいつぁアンチモンっていう、俺の在所の山からも掘れば出てくる石なんだよ」

「エゲレス語でアンチモニー……銅や鉛《なまり》と溶かし合わせるに重宝されるそうだな」

「さすがだな。源内のじじいと最後に長崎《ながさき》へ行った時、カピタンが語ってくれた話と同じだぜ」

「されば平賀先生も、この石をご存じだったのか」

「銀そっくりに細工した器が安く買えるって聞かされて眼の色を変えちまってな、毒と承知の上で売り物にする勢いだったんで、ぶん殴って止めたもんさね」

「仮にも師匠を相手に、おぬしは何をやっておるのだ……」

「案《あん》の定《じょう》、江戸に戻るなり破門されちまったよ」

「帰りの道中は一緒だったのか」

「俺は弟子と言いながら、じじぃの用心棒が役目だったみてぇなもんだからなぁ」

十蔵は窓辺に寄りかかり、遠い目をしてつぶやいた。

向かいの様子が見て取れる障子窓は、わずかに開くに留めてある。

「して八森、あの若いのは何者なのだ」

「細川半蔵の倅《せがれ》だよ」

「まことか」

「土佐藩の上屋敷に出向いて調べたのさね。本名は一蔵《いちぞう》ってんだが、母親の家が郷士の株を売っちまった地下《じげ》浪人で細川の家には入れず、里に帰されて産んだんだよ」

「分《ぶん》の違いに厳しき山内様のご家中なれば、やむなき次第だったということか……」

「それでも半蔵は倅のことを気に掛けて、お金《あし》もこっそり渡していたそうだ。一蔵って名前も自分の倍は恵まれるようにって、願いを込めてつけたんだと」

「その願いは、叶《かの》うたのか」

「親譲りの腕前で時計師としての評判は上々らしいぜ。上士の奴らのやっかみを買わねぇように、町人相手の商いに徹してるそうだ」

「にも拘《かか》わらず、江戸に出て参ったのだな」

「そうなんだよ。土佐の城下で流行ってた店をわざわざ閉めた上で、な」

「……父親の意趣返《いしゅがえ》し、か」

壮平は合点した様子でつぶやいた。

茶運び人形が現場にあったことから、察しがついたのである。

相手を殺すだけならば、持って回った真似などするには及ぶまい。

特別誂《あつら》えの錠前を容易く外し、押し入るだけの腕があれば尚のことだ。

「あの人形、半蔵が書に記されておる図に基づいた造りであったな」

「ああ。出来は父親の技を盗んで殺《ばら》した仇にゃ及ばねぇが、いい細工だ」

「半蔵が殺害されたという風聞は、やはり事実であったのだな」

「土佐藩の江戸詰めの連中も、今年になって突き止めたそうだ」

「人の才は国の宝だからな。たとえ家中では軽んじておっても、他国の者に害されるは度し難いということだろう」

「そういうことさね。話を聞いた山内の殿様もお怒りなすって、上屋敷に連れ参りて成敗《せいばい》いたせって息巻いてたそうだ」

「されば、一蔵は」

「上屋敷に逃げ込めば、お咎めなしで国許に帰されるだろうよ」

「したが、あやつが下手人ではないのであろう」

「分かったかい、壮さん」

「これなる茶碗を与り知らぬと申し立てる顔に、偽りはなかった故な」

「そいつぁ俺も同感だぜ。一蔵は錠前を破って忍び込み、石見銀山鼠捕り入りの茶を人形に運ばせただけさね」

「その茶は碗ごと投げ捨てられ、口にはされずじまいであった」

「で、このアンチモンの細工が入《へえ》った茶碗の出番が来たわけだ」

「何者の仕業なのだ」

「そりゃ、こいつの贈り主さね」

「贈り主とな」

「御側御用取次役《おそばごようとりつぎやく》……林出羽守《はやしでわのかみ》忠英《ただふさ》だよ」

「出羽守様、だと!?」

「しーっ、声がでかいぜ」

驚きを隠せぬ壮平を落ち着かせ、十蔵は話を続けた。

「なぁ壮さん、半蔵の書が世に出た時にお前さんはどう思ったかい」

「何を申すか、八森」

「そこんとこに気が付きゃ、何も驚くこたぁねぇからさ」

「……この理《ことわり》が世に広まらば、上《うえ》つ方《かた》はお困りになられるだろうと感じたものだ」

壮平は常の如く、生真面目に答えた。

「それはまた、どうしてだい」

「からくり人形に用いし機巧は、工夫をいたさば戦《いくさ》の備え……たとえば鉄砲の仕組みを改むる役にも立とう。人形を大きゅういたさば城攻めに役立つであろうし、茶碗の代わりに火薬を持たせて敵の陣を吹き飛ばすのも、遠間まで走ることさえ叶わばなし得るはずだ。人形に限らず時計の機巧も、間を置いて火薬を爆発させる仕組みとして使えるだろう」

「さすが壮さん、よくそこまで考えたなぁ」

「思いついただけのことぞ。私如きの知識ではどうにもならぬ」

「それこそ餅は餅屋だぜ。本職の連中なら、どうにでもなるだろうさ」

「左様。それが日の本の職人が力ぞ」

「で、その力を押さえておきてぇのが御公儀さね」

「なればこそ半蔵が書を検閲《けんえつ》し、肝心なところの細工が分からぬようにぼやかさせた次第であったな」

「ああ。俺たちゃ直に指図をしたわけじゃねぇが、忸怩《じくじ》たる面持ちってのはああいうもんだと半蔵の面《つら》を見て思ったもんだ」

「だが、その肝心なところが余人に盗まれ、人形となって世に出てしもうた」

「才を妬《ねた》んだ同門の裏切り者のせいで、な」

「その裏切り者を、出羽守様は」

「口封じなすったのよ。この茶碗で……な」

「されば、出どころは出羽守様だったのか」

「わざと注文したからくり人形をお屋敷に納めさせ、いい気にさせた上でお下げ渡しなすったのさ」

「そして、毒が仕込まれておるとも知らずに口にしたのか……したが一蔵が仕掛けたのと同じ夜に果てたのは、辻褄《つじつま》が合いすぎであろうぞ」

「辻褄を合わせるために動いたのが御庭番だよ」

「御庭番衆とな」

「壮さんも前《さき》のお奉行から伺ったことがあるだろ。連中に御指図なさるのは上様ってことになってるが、実のとこは御側御用取次が一存で取り仕切ってるって」

「うむ。由々《ゆゆ》しき限りと思うたものだ」

「その由々しきことが、未だに御城中じゃ罷《まか》り通ってるんだろうよ」

「……我らは何とすべきであろうな、八森」

「壮さんはどうしたいんだい」

「一蔵が下手人に非《あら》ざるのなら、御用にいたしとうはない」

「同感だぜ」

「されば、おぬしも」

「直に手を下さなくても本懐《ほんかい》を遂《と》げたからには、大人しく国許に帰るこったろう。見逃してやろうじゃねぇか」

「左様に願いたいが、出羽守様はどうであろうな」

「上つ方の考えることはいつだって同じだよ。口を封じた上で殺しの下手人に仕立て上げるこったろう」

「それは、非道に過ぎようぞ」

「壮さん、飛び道具は持ってるかい」

「常の如くだが、御庭番衆が出張《でば》って参るとなれば荷が重いな」

「そりゃ、皆殺しにするとなりゃ大仕事さね」

「左様。相討ちは避けられまい」

「そこまでやり合うにゃ及ばねぇよ。お奉行も言ってただろ。死人は出すなって」

「されば、あのお言葉は？」

「あらかじめ話を通しておいたのさ。一蔵を逃がしてやっても構わねぇって、お許しは頂戴してあるぜ」

「よく認めさせたものだな」

「お奉行の弱みの二つ三つは握ってるんでな。その一つをちらつかせたら、あっさり首を縦に振ってくれたってわけさね」

「さすがだな、八森……」

「褒めてもらうにゃ及ばねぇよ。それより壮さん、やれるかい」

「蹴散らすだけならば、何とかなろうぞ」

「頼むぜ」

七

話を終えた二人はそのまま馬喰町に張り込んだ。

通りを挟んだ安宿に、日が暮れるまで動きはなかった。

一蔵が旅支度をして出てきたのは、夜が更けた後のこと。

日中は降り続いた雨が止み、曇り空から淡く月の光が差していた。

「あの野郎、ついてるぜ」

十蔵は厳つい顔を綻《ほころ》ばせ、壮平に小声で告げる。

潜《ひそ》めた声を交わしながらも、油断はしていない。

一蔵は馬喰町を後にして、神田川《かんだがわ》に向かっていた。

土佐藩の上屋敷へは、船で川を遡上《そじょう》するのが近い。

「お出でなすったな」

「うむ」

土手道に出て早々、行く手に黒装束の一団が現れた。

「何じゃ、おんしゃら！」

一蔵は負けじと声を上げ、左腰に帯びていた道中差《どうちゅうざし》を抜く。

しかし、行く手を阻んだ一団はものともしない。

「ううっ……」

じりじりと間合いを詰められ、一蔵の切っ先は震えるばかり。

一団を率いる頭《かしら》が、抜く手も見せずに抜刀した。

一撃の下に道中差を弾き飛ばし、返す刀が一蔵の頭上に迫る。

そこに差し伸べられた刀身が、既《すんで》のところで斬撃《ざんげき》を受け止めた。

「お、おんしゃは……」

「早く行きな。俺ぁ剣術は不得手なんだよ」

「役人がどういて、わしを助けてくれるんじゃ？」

「俺たちが引っくくるのは、下手人だけだからよ」

「お役人……」

「八森十蔵だ。さぁ、急ぎな！」

十蔵は告げると同時に、諸手《もろて》で握った刀を押し上げた。

剛力《ごうりき》に堪らずよろめく頭に、浴びせたのは足払い。

配下の御庭番衆は、壮平に牽制《けんせい》されていた。

土手の茂みを巧みに利用し、姿を隠しながら放ったのは鋼《はがね》の短い矢。

黄八丈の左袖口に忍ばせた、隠し武器の袖箭《ちゅうせん》だ。

ばねの力で矢を放つ袖箭は、本来は暗殺に用いる飛び道具。

町方同心が所持するにはふさわしからざる得物《えもの》だが、壮平が和田家へ婿入りする前に従事していた仕事においては、役に立つ備えであった。

それでも急所から狙いを外し、命までは奪わない。

壮平は文字どおり矢継ぎ早に打ち放ち、狙いも的確に御庭番衆を攪乱《かくらん》していく。

援護を受けた十蔵は、刀を捨てた頭と組み討ちに及んでいた。

「うぬ、北町の隠密廻だな」

「おや、俺のことを知ってたのかい?」

「もとより承知だ。平賀源内如きの弟子が町方御用に就くとは世も末と思うたぞ」

「人様の師匠を馬鹿にするんじゃねぇ。あのじじいをこけにしていいのは、杉田先生と俺だけだぜ」

「ぬかすな、老いぼれっ」

怒号を上げた頭は四十前といったところ。

十蔵から見れば、息子に等しい年である。

「年寄りを甘く見るなよ、若造っ」

十蔵の厳めしい顔が憤怒《ふんぬ》に燃えた。

節くれ立った指が闇を裂き、頭の喉に食い込む。

「下手に動くと、へし折るぜ」

耳元で告げられて、頭は懐に入れかけた手を止める。

隠し持った苦無《くない》を抜きざま、十蔵を刺すのは容易い。

だが、その時は自分も息の根を止められる。

「さぁ、どうするね」

耳元でささやく声に、臆《おく》した様子は微塵《みじん》もない。

「ひ、退けっ」

堪らずに頭は下知《げち》を飛ばし、御庭番衆は逃げ去った。


「大事ないか、八森っ」

「壮さんこそ、怪我ぁしなかったかい」

土手道を駆け寄って、十蔵と壮平は無事を喜び合った。

「危なかったぞ。斬り合いに至らば、無事では済まなかったであろうよ」

「お前さんにゃ片手抜きがあるだろう」

「若い頃とは違うのだ。願わくば斬りとうはない」

「そいつぁ俺も同じだよ。聞き分けのいい奴らでよかったぜ」

「一蔵も、だな」

「国許に帰って、親父の分まで長生きするがよかろうよ」

淡い月明かりの下、十蔵は汗まみれの顔を綻ばせる。

傍らに立つ壮平も端整な顔を泥に塗《まみ》れさせたまま、朗《ほが》らかに微笑んでいた。

上《うえ》つ方《かた》の思惑

一

「爺様どもめ、達者《たつしゃ》に動いてくれおるわ」

永田備後守正道は満足そうにつぶやいた。

役宅奥の私室で独り、瑠璃《るり》の杯《さかずき》に注いだ酒を舐《な》めている。

長崎帰りの知人の土産は、無色透明の強い酒。ずんと胃の腑《ふ》に染《し》み渡る異国の蒸《じょう》留酒《りゅうしゅ》は樽《たる》に詰めて船倉に積んでおき、船乗りたちに飲ませるものだという。焼酎《しょうちゅう》と似て非なる濃厚さが慣れると心地よい、気取った葡萄酒《ぶどうしゅ》よりも性《しょう》に合う酒だった。

「そろそろ始末はついたかのう……。あやつらの手にかからば、御庭番衆と申せど敵ではあるまいよ」

機巧細工師殺しの一件の始末を八森十蔵と和田壮平に任せたのは、もとより思案があってのことだ。

正道が預かる北町奉行所——正しくは北御番所は、私腹を肥やすことを一番の喜びとする正道にとって、お誂え向きの儲け口。

町奉行を目指した理由は市中の行政を司る立場となり、御公儀の御用を承《うけたまわ》る商人に便宜《べんぎ》を図って見返りを得ることのみ。管轄《かんかつ》する商家の中でも巨額の金子が動く酒問屋に廻船問屋、材木問屋には深く関わり、甘い汁を存分に吸いまくりたい。

なればこそ数々の相手と競り合い、蹴落とし、北町奉行となったのだ。

先達《せんだつ》である南町奉行の根岸肥前守鎮衛を見習って御用に勤《いそ》しみ、名奉行を目指そうなどとは、最初から考えてもいなかった。

正道が北町奉行に就任する上で密《ひそ》かに、大きな力を貸してくれたのは御側御用取次の林出羽守忠英だ。

引き換えに求められたのは折に触れての献金と酒色遊興《しゅしょくゆうきょう》のお膳立て、そして名奉行と呼ばれるために評判を取ろうとは考えぬこと。

当代の将軍である徳川家斉の一の御気に入りの忠英は、町奉行が名を高めることが喜ばしいどころか、腹立たしいとさえ見なしている。

大江戸八百八町《はっぴゃくやちょう》は、徳川将軍家の御膝元。

にも拘わらず南北の町奉行は、庶民の人気を博している。

将軍は色ごとにしか興味がないと決めつけられ、物笑いの種にまでされている。

そんな風潮を忠英は見過ごせず、町奉行をお飾りにしてしまおうと企《たくら》んだのだ。

前の北町奉行の小田切土佐守直年は急な病と装って始末されたが、南町奉行の鎮衛は未だ健在である。

老いても壮健な鎮衛は町奉行の激務を日々こなし、近頃は番外同心と称する手駒を密かに使っているらしい。

いずれ忠英は策を講じ、鎮衛を罷免《ひめん》に追い込むことだろう。

正道はお誂え向きの儲け口である町奉行の立場を失わぬために、最低限の働きだけを目立たぬようにしていきたい。

そのために「北町の爺様」と呼ばれる二人は貴重な存在だ。

熟練の隠密廻同心である十蔵と壮平は正道が指示を与えるより早く動き出し、事件を解決してくれる。

もとより隠密廻は表に出ることのない、影の存在だ。

その働きを、御公儀は奉行の正道の功績と見なすのみ。

にも拘わらず、十蔵と壮平がやる気をなくす恐れはない。

十蔵は事件の謎を解き明かすことを、相方の壮平は十蔵を助けて働くことを、一番の喜びとしているからだ。

されど常に思惑どおりに動いてくれるわけではなく、特に十蔵は抜かりない。

こたびも正道と商人の黒い繋がりを暴き立て、明るみに出さぬのを条件として機巧細工師を仇《かたき》と狙う、されど手を汚すには至っていない、一蔵なる時計師を見逃すことを要求してきた。

正道が十蔵の求めに応じたのは、この一件を任せれば忠英の鼻を開かしてやれると見なせばこそであった。

正道にも、男としての自負はある。

甘い汁を存分に吸える見返りとはいえ、お飾りにされるだけでは面白くない。

機巧細工師殺しの真の下手人は、忠英の指図を受けた御庭番衆だ。

その御庭番衆を十蔵と壮平が蹴散らした上で一蔵を逃げおおさせれば、忠英の面目は丸潰れとなるだろう。

からくり半蔵から盗んだ技術を世間に流出させ、悪用される危険性を招いた細工師を御公儀にとって好ましからざる存在として、始末すること自体は済んだ。

毒を用いた暗殺は、御庭番衆が得意の手口。

仮にも町奉行である以上、江戸市中での殺人を見逃すなど本来ならば言語道断《ごんごどうだん》。

しかし御公儀のためならば、是非に及ばぬことである。

それでも罪のない若者に濡れ衣《ぎぬ》を着せ、下手人に仕立て上げようとした狡猾《こうかつ》な企みの邪魔ぐらいはしておきたい。

とはいえ、正義感が先に立つ十蔵と壮平に好き勝手にさせてばかりはいられまい。

正道は二人の隠密廻同心を増長させぬため、あらかじめ弱みを握っておいた。

特に壮平に関しては、露見すれば一大事となることを突き止めた。

「せいぜい上手くやるのだぞ、おぬしたち……」

乾した杯を膳に置いて、正道は立ち上がった。

淡い月明かりが差す縁側に立ち、大きく伸びをする。

肥えていながらも滑《なめ》らかに体を捌き、夜更けの空を仰ぎ見ていた。

二

雲間から覗いた月が、神田川の静まり返った土手を照らしている。

「それじゃ壮さん、引き揚げようかい」

「うむ」

十蔵に頷き返すと、壮平は草むらに転がった深編笠に歩み寄る。

駆け付けた時に投げ捨てたままになっていたのを拾い上げ、一つを十蔵に向かって差し出す。

傍らを流れる神田川には、いつもと違って船影が見当たらない。

「……あらかじめ人払いをされておったようだな」

「さすが御公儀御庭番。手抜かりがねぇこったぜ」

深編笠を受け取って、十蔵は苦笑い。

二人が御庭番衆と渡り合った神田川の柳原《やなぎわら》土手は日が暮れると夜鷹《よたか》が現れ、男たちの袖を引くことで知られている。しかし今は誰も見当たらず、目と鼻の先に在る浅《あさ》草橋《くさばし》御門からも番士《ばんし》が駆け付ける様子はない。

河岸沿いに軒《のき》を連ねる船宿は表戸を閉め、明かりも灯《とも》していなかった。

「つくづく念入りなこったな。どうやら事を表沙汰にしたくねぇのは、あちらさんも同じだったらしいぜ」

「おかげで巻き添えを出さずに済んだと思えば、腹も立つまい」

「その代わり、壮さんにゃ老骨に鞭打たせちまったけどな」

「いつものことだ。気にいたすな」

二人は苦笑いを交わした後、深編笠を被り直す。

外出の際に素顔を衆目《しゅうもく》に曝《さら》さないのは婿に入って三十年来、身に染みついて久しい習慣である。今宵の戦いでは視界を広く取るためにやむなく脱いだが、こちらの素《す》性《じょう》を先刻承知だったと十蔵と御庭番頭のやり取りで分かった以上、無理に被ったままでいなかったのは正解だった。

「やっぱり腐っても御庭番だなぁ。そこらの二本差しとは比べもんにならねぇや」

「まことだな。尋常に立ち合わば、あれほどの数は相手取れなかっただろう」

「俺も刺し違えるつもりで仕掛けなかったら、返り討ちにされていたよ」

「ともあれ無事で幸いだったな」

「それにしても一蔵の奴、無事に土佐へ帰れるのかねぇ」

「山内様のご当代は若年なれど英邁《えいまい》なお方との由《よし》なれば、よしなに取り計らわれるに相違あるまい。左様に信じ、これより先の手出しは控えようぞ」

「分かってらぁな。ちょいと老婆心《ろうばしん》を出しただけのことさね」

「ならば良い。我らの場合は老爺心《ろうやしん》と申すべきであろうがな」

「それにしても、壮さんは変わらねぇなぁ」

「何のことだ、八森？」

「俺が無茶をした後にゃ必ず、こうやって釘をさすだろ」

「仕方あるまい。おぬしの危《あや》うきことに首を突っ込みたがる性分が、幾つになっても改まらぬからだ」

「耳が痛《いて》えな。ったく、我ながら困った性分だぜ」

「困ることはあるまい。おぬしが無茶をするたびに進んで付き合う私も、どうかしておるのだからな」

「和田のおやっさんも同じことを八森《うち》の義父《おやじ》に言ってたらしいぜ」

「まことか？　左様な話は初耳だぞ」

「何も驚くこたぁねぇやな。義理でも親子は似るもんだろ？」

「それは私が先に言ったことだ……」

「へへっ、一本取ったぜ」

「子どもじみたことを言いおって、つくづくおぬしは変わらぬな」

笠の下でぼやきながらも、壮平の足の運びは軽やかだった。

三

八森家では由蔵が台所に立ち、竈で煮物を温め直していた。

お徳は日が沈む前に引き上げ、留守番は由蔵と江漢の二人のみ。

由蔵も町境《まちざかい》の木戸が締まる夜四つ（午後十時）前に八丁堀を離れ、住み込みで奉公している埼玉屋へ帰らなくてはならないが、北町奉行所の門前で別れたまま戻らずにいる十蔵と壮平の安否が気に懸かる。

「遅いなぁ……」

煮物を杓子《しゃくし》で掻き混ぜながら、由蔵は気もそぞろにつぶやいた。

台所と続きの板の間では、包丁を手にした江漢が茄子《なす》を刻んでいる。

傍らに置いた壺《つぼ》から引き上げた、食べ頃のぬか漬けだ。

「これ、手元が留守になっておるぞ」

「す、すみやせん」

注意をされた由蔵は、取り落としかけた杓子を慌てて握り直す。

江漢は口を動かしながらも手を休めず、刻み終えた茄子を用意の器に盛る。

朝の残りの飯は饐《す》える前にお徳が握って味噌を塗り、焼きむすびに仕立ててくれたので手間をかけずに食べられる。具だくさんの煮物に香の物が揃えば、他におかずを用意するには及ばない。

「ねぇ先生、旦那方はご無事でございやすよね」

台所の流しで手を洗う江漢に、由蔵は尚も問いかけた。

「おぬしもしつこいのう。左様に肝《きも》が細くては、筆一本で食うてはいけぬぞ」

「冷てぇなぁ。八森の旦那とは長《なげ》えお付き合いなんでござんしょう？」

「腐れ縁なればこそ、案ずるには及ばぬと言うておるのじゃ。和田殿が付いておれば尚のこと、心配は無用というものぞ」

「それならいいんですがねぇ」

「ほれ、噂をすれば何とやらじゃよ」

柄杓《ひしゃく》の水で洗った手を拭きつつ、江漢は澄ました顔で答える。

戸を空けたままの勝手口から、十蔵が入ってきたのだ。

「旦那ぁ、ご無事でしたかい！」

安堵《あんど》の声を上げ、由蔵が駆け寄っていく。

「へっ、何てこたぁねぇやな」

涼しい顔で答える十蔵は、すでに深編笠を脱いでいた。

江漢は盥《たらい》に汲んできた水を十蔵の足元の土間に置き、乾いた手ぬぐいを差し出す。

「案の定、怪我は負うておらぬようじゃの」

「当たり前だろ。お前さんとは鍛え方が違うからな」

「強がりを申すでない。和田殿の助けがあってのことだろうが」

「ちっ、口の減らねぇじじいだぜ」

「同い年のくせに何を申すか。ほれ、足を拭いたら湯に浸かれ」

「おや、風呂まで沸かしてくれたのかい？」

「うむ。由蔵が薪を割ってくれたのでな、面倒ついでに沸かしておいた」

「すまねぇなぁ、何から何まで」

「心得違いをいたすでない。おぬしに具合を悪うされては、いざという時の用心棒に困るが故じゃよ」

「それでも礼は言わにゃなるめぇよ。かっちけねぇ」

「ほれ、とっとと行かんか」

江漢は憎まれ口をたたきつつ、十蔵が脱いだままにしていた深編笠を手に取った。

「旦那、お背中をお流ししやしょう」

「それには及ばねぇよ。火の番だけ頼むぜ」

甲斐甲斐しく申し出た由蔵に指図をしながら湯殿へ足を運ぶ背中を、江漢は無言で見送った。

「十蔵め、相当くたびれておるくせに強がりを言いおって……齢《よわい》を重ねるほどに源内先生に似て参ったわ」

二人の足音が遠ざかるのを確かめ、つぶやく江漢は安堵の表情。

水を汲んだ盥を土間に置いた時、江漢は十蔵の太い足が微《かす》かに震えていたのを見て取った。手傷こそ負わされてはいないが疲れきり、立ち歩くのがやっとの有様なのも気付いていた。

それでも気丈に振る舞う余裕があれば、心配するには及ぶまい。

足を拭かせた手ぬぐいを用い、笠の埃《ほこり》を払う江漢の手付きはまめまめしい。偏屈者《へんくつもの》として世間を渡る身とは思えない、好々爺そのものの面持ちだった。

四

その頃、壮平は組屋敷の周囲を見廻っていた。

深編笠の下で目を光らせ、気を巡らせて探ったのは、夜陰に乗じて身を潜めているかもしれない御庭番衆の存在。

隣の八森家の周りにも怪しい影が見当たらないのを確かめて、壮平は簡素な木戸門を潜った。

和田家の屋敷地は、八森家と同じく百坪。

夫婦二人だけの暮らしには、広すぎる住まいであった。

「帰ったぞ、志津《しづ》」

「お帰りなさいませ」

玄関に入って呼びかけるや、妻女の志津が姿を見せた。

「戻りが遅うて相すまぬな」

「何を仰せになられます。御役目あってのことでございましょ？」

八重歯を覗かせて微笑む志津は、壮平と九つ違いの五十五。齢を重ねても変わらぬ笑顔の愛らしさは壮平が婿入りし、夫婦となった三十年前から変わっていない。既婚の印に歯を黒く染めていながらも眉を剃っていないのは、未だ子を生んでいないが故のことだった。

壮平が腰間から抜いて渡した刀を受け取り、志津は先に立って奥へと向かう。

屋敷内の間取りも、和田家は隣の八森家と同じである。

玄関に連なる取り次ぎの間《ま》に入って左に曲がると八畳間で、襖で仕切られた先が床の間の付いた十畳間。間借りをさせていないため、どちらの部屋も空いている。

床の間には掛け軸と共に、刀架《とうか》が用意されていた。

刀に続いて壮平が渡した脇差を、志津はそっと刀架に横たえた。

続いて衣桁に歩み寄り、木綿の単衣と袖なし羽織を持ってくる。

「まぁ、お羽織まで泥が染みておりまするよ」

「相すまぬ。ちと土手で汚してしもうた」

着替えを手伝う愛妻に、壮平は申し訳なさげに告げる。

単衣の左袖口に忍ばせていた袖箭は玄関に入った時に取り出し、十手と一緒に袱紗《ふくさ》にくるんで刀架の前に自ら置いた。鉄の矢は御庭番衆を相手に撃ち尽くし、装塡《そうてん》済みの一本だけである。

志津は亡き父の斗馬《とうま》が現役だった当時から、大小の二刀と違って十手にはみだりに触らぬように教え込まれている。町方同心の備えらしからぬ暗器《あんき》も、こうしておけば見られる恐れはなかった。

「羽織は洗うわけには参らぬな。拭いて火熨斗《ひのし》をしてくれぬか」

「濡れ手ぬぐいを当てて熱さば綺麗になりますよ。お着物だけは襦袢と一緒に洗うておきまする」

「お任せくだされ。せっかくの男前も汗が臭うては台無しにございますからね」

「雑作《ぞうさ》をかけるな」

「何を申すか。私は還暦を過ぎて久しき身だぞ」

「お前様は未だ八丁堀一の美男と評判にございまする。隠密廻でなくば外出のたびにお隠しなさるには及ばぬのにもったいなきことと、同心衆のお内儀のみならず与力の奥様方まで噂をしておられまするよ」

「埒もない。顔で御用が務まるわけでもあるまいに……」

「いえいえ、殿方のお顔は家名に次いで大事なものなれば、私も未だ鼻が高《たこ》うございまする」

憮然と答える壮平に、志津は悪戯《いたずら》っぽく微笑みかけた。

志津に限らず、町奉行所勤めの同心の妻女には武家らしからぬ気安さがある。格上の与力の妻女が「奥様」と称されるのに対して敬称が「お内儀」という、町人の女房と同じものであることも、良くも悪くもお高く留まったところを感じさせない理由の一つと言えるだろう。

「八森様もお戻りのようでございまするね、お前様」

「うむ、常の如くだ」

「お仲が変わらずよろしくて、結構な限りにございまする」

「同役でなくば、毎日あやつと共に過ごしはせぬわ」

「何を仰せになられます。その照れ隠しのお答えも、お若い頃から変わりませぬね」

「馬鹿を申すな。そなたこそ、七重《ななえ》殿とは格別に親しき仲であっただろう」

「左様にございましたねぇ……早《はよ》うに亡くなられてしもうて、つくづく残念にございまする」

七重は十年前に病死した十蔵の妻女で、同い年の志津と姉妹同様に育った幼馴染みである。

八森家の先代の軍兵衛は、共に隠密廻同心の御役目に就いていた和田家先代の斗馬と同じく男子に恵まれず、子どもは娘が一人だけだった。

八森家の七重と和田家の志津が二十五まで独り身だったのは、やむなき理由あってのことである。

家名の存続を何より重んじる武家は総じて結婚が早く、たとえ男子に恵まれずとも家付き娘に婿を取り、できるだけ若い時に子を産むように取り計らうのが、親の務めとされている。

とはいえ、相手構わずに縁組をするわけにはいかない。

八森家と和田家の如く特別な御役目を代々担う家は尚のこと人を選ぶが、世間では同心は金さえ積めば手に入る、手頃な身分と見なされた。

町人が婿入り、あるいは養子縁組に際して用意する持参金は、与力は千両が相場とされたのに対して、同心は二百両。

正規の御家人の中で最も軽輩《けいはい》の御徒《おかち》は、五百両である。

比べてみれば、同心はたしかに安い。

役方《やくかた》と呼ばれる文官ならば、町人あがりの婿を取っても障《さわ》りはない。

しかし廻方同心は、武官にあたる番方《ばんかた》。

中でも隠密廻は熟練を要する、三廻の中でも特に難しい御役目だ。

隠密廻同心の家へ婿に入れば義理の父親となる先代の下に就き、見習いとして実地に御役目を学ぶのみならず、時には敵と戦う助太刀《すけだち》となり、身軽な動きが求められる潜入を命じられることもある。

十蔵と壮平も若い頃には見習いの域に留まらず、齢を重ねた軍兵衛と斗馬では身に堪える荒事を、いつも買って出ていたものだ。

二人に限ったことではない。

隠密廻となった同心の家は代々、同じやり方で御用をこなしてきたのだ。

同心二名を定員とする隠密廻は、陸奥白河《むつしらかわ》十一万石の松平越中守定信《まつだいらえっちゅうのかみさだのぶ》が老中首座に抜擢《ばってき》されて幕政の改革を行った、寛政年間に新設された役職だ。

あくまで正式に役職名が定められたのが寛政年間ということで、探索御用そのものは将軍家の御膝元たる江戸の治安を守るために町奉行所が設置されて以来、一貫して必要とされてきたのだ。

十蔵と壮平はそれぞれ前歴を買われたが故、八森家の軍兵衛と和田家の斗馬から婿入りを望まれた。

持参金さえ積めば成立し、出仕した後に役に立たないことが分かっても御役御免にされるに至らず、適材適所で無理のない御役目に替えてもらえる、他の同心たちの家との縁組とは話が違う。

実子と養子の別を問わず、能ある者を跡継ぎにする。

それは隠密廻同心にとって、必須のことだ。

「面目次第もありませぬ、お前様」

壮平に着替えをさせながら、ふと志津がつぶやいた。

軽口をたたいた詫びにしては、深刻すぎる面持ちだ。

「何としたのだ、志津？」

壮平は帯を締めてもらいながら、怪訝《けげん》そうに問いかけた。

武家といえども御蚕《おかいこ》ぐるみと乳母《おんば》日傘《ひがさ》で育てられるのは、将軍家を頂点とする大名や大身《たいしん》旗本の子どものみ。生まれが士分に非《あら》ざる壮平は幼い頃から当たり前のこととして、着替えを含めた身の回りの雑事をこなしてきた。

右足と左腕が不自由になったとはいえ手を借りるには及ばぬが、夫の着替えを妻が手伝うことは労を省くに留まらない、日々の営みの一環《いっかん》だ。道徳に厳しい封建の世であっても誹《そし》りを受けず、夫婦が自然に触れ合えるひと時なのだ。

志津はもとより箱入り娘ではなく、武家らしからぬ環境で育てられた身。

安らぎのひと時に、何を謝る必要があるというのだろうか。

「還暦をお迎えになられて久しきお体に、隠密廻の御役目はさぞお辛い限りでございましょう。孕《はら》めぬまま齢を重ねてしもうたこと、申し訳なき限りにございまする」

「何だ、左様に申したかったのか」

壮平は拍子抜けしながらも、安堵《あんど》の笑みを浮かべて見せた。

「笑い事ではありませぬ」

「落ち着け、誰も馬鹿になどしておらぬ」

憤慨《ふんがい》した面持ちとなったのを宥《なだ》めた上で、壮平は続けて志津に語りかけた。

「子どもは天からの授かりものにして、夫婦和合の賜物《たまもの》だ。そなたのみ責を問われることに非ざれば、詫びてくれるには及ばぬぞ」

「されど、このままでは」

「折を見て、夫婦養子を迎えれば済む話だ。持参金など当てにいたさず、当家代々の御役目を託すに値する若人を選ぶのだ」

「……お前様のお種を授からば、申し分なき才に恵まれし子が生まれたことでございましょう」

「人智《じんち》の及ばぬことを幾ら思い悩んだところで、得るものはあるまいぞ。八森も同じ境涯《きょうがい》なれば、婿に迎えるにふさわしき者を共に探すもよかろう」

「さすれば、八森様とご一緒に夫婦養子を？」

「そういうことだ。我らとて若い頃と同様に立ち働くのは楽ではない。八森の親父殿と義父上を遅れ馳《ば》せながら見習うて、しかるべく取り計らうべきであろうよ」

思い詰めた様子の志津を安心させるべく、壮平は笑顔で語りかける。

「お前様……」

釣られて頬を綻《ほころ》ばせながらも志津は一瞬、悔恨《かいこん》の色を滲《にじ》ませた。

「しっかりせい志津、気分が悪うなったのか」

「いえ、何でもありませぬ」

着替えを終えた壮平に、志津は努めて明るく呼びかけた。

「お夜食をご用意いたします故、しばしお待ちを」

淑《しと》やかな笑みと共に告げるなり退出するのを、壮平は黙って見送る。

何故に顔色が悪くなったのか、すでに察しはついていた。

志津は若かりし頃に八丁堀小町と称えられる一方、武芸の腕前も南北の町奉行所に勤める同心の娘たちの中で抜きん出ており、同い年の七重と一、二を争う手練《てだれ》だったのみならず、事件の謎解きにも秀《ひい》でていた。共に父親譲りの才に満ち、男に生まれていれば後を継ぐのに不足はなかったことだろう。

その才は子どもを産んでも、受け継がれたに違いない。

先代たちの目に適う婿を迎えたとなれば、尚のことだったはず。

しかし、子宝に恵まれぬまま志津は齢を重ね、七重に至っては今や亡《な》い。

「お待たせしました、お前様」

志津が膳を捧げ持ち、再び部屋に戻ってきた。

湯漬けには刻んだ香《こう》の物に加えて、自家製の豆腐の味噌漬けが添えられていた。豆腐は味噌床で発酵《はっこう》すると、乳製品を思わせる堅さと味わいの一品になる。喪に服している間も口にして差し障りのない精進物だが、般若湯《はんにゃとう》こと酒にも合う。就寝前とあって量は控え目ながら、十蔵と共に喪に服している壮平に少しでも滋養《じよう》を付けさせたいという心配りなのだろう。

「かたじけない」

言葉少なに礼を述べ、壮平は心づくしの膳に向かう。

笑顔で箸を取りながらも、胸が痛い。

愛妻が懐妊《かいにん》するに至らぬまま、齢を重ねた原因は壮平にある。

自覚をしているが故に見舞われた、鎮《しず》まることなき悔悟《かいご》の痛みであった。

五

八森家では風呂から上がった十蔵が、夕餉の膳を前にしたところだった。

「美味えなぁ。よっく味が染みてるぜぇ」

「そいつぁ何よりでございやす。旦那、まだお代わりはよろしいですかい」

由蔵は給仕に勤しみながらも、落ち着かなさげな様子である。

「もう十分じゃ。甘やかすと癖になる故、早う帰るがよい」

十蔵と膳を連ねていた江漢が、さりげなく促した。

あらかじめ包んでおいた焼きむすびを持たせてやることも忘れない。木戸が閉まる間際に奉公先の埼玉屋へ戻っても、夕餉にはありつけぬからだ。

「すみやせん先生。それじゃ旦那、失礼いたしやす」

江漢への感謝を交えて挨拶し、由蔵は立ち去った。

「よく働いてくれるなぁ。今どきの若いのにしちゃ、珍しいぜ」

「うむ」

十蔵のつぶやきに首肯しながらも、江漢は手を止めない。

自ら刻んだ茄子のぬか漬けを齧《かじ》りつつ、焼きむすびを嚙み締めている。

隣に座った十蔵は好物の煮物をつまみにして、茶碗酒を味わっていた。

「よぉ駱駝、お前さんも一杯どうだい？」

「冷や酒は好まぬ。おぬしも程々にしておかねば頭が痛《いと》うなるぞ」

「そいつぁ下《くだ》り酒に限ってのこったろ。こいつぁ蔵元が武州《ぶしゅう》だから大事ねぇやな」

下り酒とは灘《なだ》を始めとする上方《かみがた》の各地から船に積んで江戸まで運ばれてくる銘酒《めいしゅ》の

総称である。防腐剤として樽に投じられる松の枝から染み出た脂《やに》は、燗をつければ熱で飛ぶため問題ないが、冷やのままで口にし過ぎると悪酔いすることが経験として知られていた。

江漢が固辞《こじ》したのもそのせいかと思いきや、理由は異なるようだった。

「さすれば松平越中守が造らせおった地廻り酒ではないか。ますます要《い》らぬわ」

「ったく、お前さんの越中守様嫌いにゃ困ったもんだぜ」

苦笑いする十蔵は、江漢が越中守こと元老中首座の松平定信を嫌悪する理由を承知していた。

二人が師事した平賀源内は、定信の政敵だった田沼主殿頭意次《たぬまとのものかみおきつぐ》が老中として幕政を牽引《けんいん》し、経済を活性化させた当時に名を馳せた。

それは同い年の十蔵と江漢が青春の日を送り、急速に広まった蘭学が新たな時代の訪れを感じさせた、希望に満ちた時代であった。

しかし天明《てんめい》年間に入ると意次は権勢を失い、浅間山の大噴火を始めとする天変地異《てんぺんちい》が大飢饉《だいききん》を引き起こし、米不足を招いた責任まで負わされた上、取って代わった定信によって蟄居謹慎《ちっきょきんしん》の刑に処せられ、再び日の目を見ることのないまま病に果てた。

未だ少年だった家斉を補佐して幕府の実権を握った定信の政策は、当時の若手老中だった松平伊豆守信明《いずのかみのぶあきら》に受け継がれ、今や「寛政の遺老《いろう》」と呼ばれるに至った信明が老中首座を務めている。

「俺と壮さんが北町の御用とは別口で、越中守様がご所望《しょもう》の探索を小遣い稼ぎに請け負ってたことは、お前さんも知ってるだろ？」

「ああ。杉田先生を始めとする蘭学者の伝手《つて》を頼り、わしにも一度ならず聞き込みに参ったからな」

「そのたんびに礼金は渡したはずだ。あの金の出どころは越中守様がご老中だった頃は千代田の御城の御金蔵《おかねぐら》、御役目を辞された後は白河十一万石だ。つまりお前さんは微々《びび》たる額たぁ言っても、上つ方から貰うもんを貰っちまってるんだよ。それなのに俺を相手に文句を言うだけじゃ飽き足らず不平不満を書き立てて、御上から目を付けられるような真似をするんじゃねぇよ」

十蔵は茶碗の底に残った酒を乾すや、江漢をじろりと睨《にら》む。

口調も鋭く浴びせた言葉は、酔いに任せた出鱈目《でたらめ》ではない。

江漢はこのところ、筆を執ることに血道《ちみち》をあげている。

一世を風靡《ふうび》した銅版画から肉筆の絵に回帰し、鈴木春信《すずきはるのぶ》から学んだ、昔取った杵柄《きねづか》で手を染めているわけではない。画業に劣らず巧みな文章の腕を駆使《くし》し、幕政の批判を交えた書を物《もの》しているのだ。

持ち前の偏屈ぶりが度を越して、かつて交誼《こうぎ》を結んだ蘭学者たちと仲違《なかたが》いをするに留まらず、御政道にまで異を唱え始めたことは、すでに幕府の知るところ。すぐさま御用にされるには至らぬまでも、目を付けられているのは事実であった。

「昔馴染みのお前さんに縄を打つこたぁ、幾ら俺でもやりたかねぇやな。ほんとの年より九つもさばを読んで世間様を煙《けむ》に巻《ま》くなぁ勝手だが、分《ぶん》をわきまえねぇ真似だけは控えてくんな」

「…………」

「聞いてんのかい、駱駝」

「……わめかずとも聞こえておるわ」

ぼそりと答える江漢は、膳の夕餉を平《たい》らげた後。

十蔵も茶碗の酒だけではなく、小鉢の煮物も胃の腑に収めていた。

たとえ口論の最中でも食事と酒は無駄にせず、己が血肉に変える。

それは若い頃から変わらない、二人の堅実さの現れだ。

ひとたび熱中すると周囲の全てが目に入らなくなるのが常であった源内と付き合いながらも悪しき面は影響されず、自分の思うところを押し通す。

故に天才でありながら奇矯《ききょう》な振る舞いも多かった源内を師と仰ぐ一方、己を保って来られたのである。

だが、近頃の江漢は些《いささ》か危うい。晩年の恩師を見ているかのようだ。

「お前さん、このまま行くと源内のじじいの二の舞になっちまうぜ」

「……上つ方から命を狙われ、人殺しに仕立て上げられると申すのか？」

「そこまで分かってんなら自重《じちょう》しな。俺が言ってやれるのは、そこまでさね」

「……相分かった」

「料簡してくれたんならいいんだよ。俺んとこも出ていくにゃ及ばねぇから、好きなだけ間借りをしてくんな」

「構わぬのか？」

「安心しな。俺だって伊達に北町の爺様だなんて呼ばれちゃいねぇよ」

「されど、北のお奉行は」

「あの人は大《てぇ》した狸《たぬき》だぜ。御側御用取次の林出羽守どころか上様だって、煙に巻いちまうこったろうよ」

「おぬしにそれほどの値打ちがあると、お奉行は承知なのか？」

「そうでなけりゃ、俺が壮さんと二人して好き勝手に事件の調べをするのを野放しにしておかねぇやな」

「放っておけば解決する故、手間が省けると分かっておるのか……成る程、たしかに狸だのう」

「お前さんが駱駝にそっくりなのと同じで、外見もよく似ているぜ」

「黙りおれ、この山猿め」

十蔵の毒舌にすかさず応じる江漢の顔は、先程までと違って血色が良い。

やり場のない憤《いきどお》りを抱《いだ》くほど人は心身をすり減らすが、身近な相手と怒りに任せて言い合うことは気分を高揚《こうよう》させ、前向きな行動を取る力となる。

その相手役を十蔵が買って出たのは、江漢を同門の仲間と見なしていればこそ。

源内の影響が色濃くも世渡り上手な他の弟子たちとは違う、偏屈にして一途《いちず》な人柄を好もしく思うが故のことであった。

六

一夜が明けて、江戸城の本丸御殿《ほんまるごてん》。

正道は登城するなり、中奥へ呼び出された。

「備後守、こたびは何をやらかしたのじゃ？」

席を温《あたた》める間もなく腰を上げた正道に、同役の根岸肥前守鎮衛が問うてくる。

「お声が大きゅうございまするぞ、肥前守殿」

「これでも低うしておるわ」

老いても精悍《せいかん》な顔を顰《しか》める鎮衛は、当年取って七十五。

御役目に就いて十三年目を迎えた、熟練の南町奉行だ。

対する正道は、去る卯月の二十五日に北町奉行に任じられたばかりの新参者。

未だ六十とはいえ、覇気は南の名奉行である鎮衛に遠く及ばない。

「前にも言うたはずだぞ。身を慎めと」

鎮衛は正道より十五も年上であるばかりか、市中の民の人気者だ。

前の北町奉行だった小田切土佐守直年も在りし日は名奉行と称され、一年前に奉行所内で発生した刃傷沙汰《にんじょうざた》で一時は評判を落としたものの、死した後まで悪く言う者はいなかった。

「性根《しょうね》を改むる気になったのならば、つまらぬ欲を余さず捨て去るのじゃ。金も物も幾ら溜め込んだところで、あの世まで持っては参れぬのだぞ」

「ご教示痛み入り申す。さればご免」

形ばかりの答えを返し、正道は芙蓉《ふよう》の間から出て行った。

本丸御殿の玄関寄りの表と呼ばれる区画には諸役人の働く詰所と共に、大名と旗本のための控えの間が用意されている。南北の町奉行は昼四つ（午前十時）に登城すると昼八つ（午後二時）まで芙蓉の間にて待機し、中奥の手前に設けられた老中の御用部屋で諮問《しもん》を受けるのが常だった。

老中に遠慮せず町奉行を呼び出すほどの権限を握っているのは将軍の家斉と、その一の側近である御側御用取次。

中でも当年四十七の林出羽守忠英は小姓あがりの、覚え目出度き立場であった。

忠英が正道を呼び出したのは、中奥の直中《ただなか》に在る御座《ござ》の間だった。

御側衆《おそばしゆう》と総称される御側仕えの面々が用いる詰所は、将軍に供する食事の膳を運び込んで毒見を行う、御膳立《おぜんだて》の間と隣り合っている。

毒見役だけではなく、食事に関わる当番の小姓や小納戸《こなんど》までもが出入りをする御膳立の間の隣室に北町奉行を呼びつけては、自ずと耳目《じもく》に立ちやすい。

そこで御座所の一部でありながら将軍がほとんど足を運ばぬ御座の間を選び、人目を気にせず叱責《しつせき》しようというのだろう。

将軍が居なければ、御付きの小姓たちも姿を見せない。

静まり返った御座の間に、突如として忠英の怒りに満ちた声が響いた。

「おぬしには失望したぞ、備後っ」

正道を呼びつけるなり開口一番、語気も鋭く叱りつけたのだ。

「出羽守様、お声が大きゅうございまする」

「黙りおれ。私腹を肥やすことに汲々《きゅうきゅう》とするばかりで、たかだか同心二人如きを抑え込むこともできぬのか？　あまつさえ若造一人を逃がすため、上様が御意《ぎょい》にて動く御庭番衆に手傷を負わせるとは、不届きにも程があろうぞ！」

「お静かに願いまする」

「やかましいわ、うぬ」

諫《いさ》めても聞く耳を持たず、忠英は鼻筋が通った顔を怒りに歪める。

将軍が居ないとあって小姓も小納戸も見当たらぬとはいえ、傍若無人《ぼうじやくぶじん》にも程があると見なさざるを得ない有様だった。

「何としたのだ備後っ。申し開きがあらば返答せい！」

口を閉ざした正道を前にして、忠英は尚も吠え猛《たけ》る。

「そこまでじゃ、出羽」

聞き覚えのある声が、おもむろに二人の間に割り込んだ。

「う、上様!?」

「御尊顔を拝し奉り、恐悦至極《きょうえつしごく》に存じ上げまする」

たちまち青ざめた忠英をよそに、正道はその場で頭を下げた。

「余を差し置いて守《かみ》の一字を略すとは偉くなったものだな、出羽」

出羽守、備後守といった受領名は、大名に授けられた官名だ。

そこから守を省いて出羽、備後と呼べるのは、征夷大将軍《せいいたいしょうぐん》その人だけだ。

「お、御許しを」

「苦しゅうないと申したきところだが、捨て置けぬな」

許しを請うべく叩頭《こうとう》する忠英を見下ろし、淡々と告げたのは徳川家斉。

十五の若さで将軍職に就いて二十四年。

今や三十九の男盛りとなった家斉は、持ち前の覇気《はき》を今日も充実させていた。

七

正道は顔面蒼白となった忠英と共に、御休息の間へと連れて行かれた。

御休息の間は文字どおり将軍が就寝を含めた休息をするための大座敷だが、本来は御座の間にて行うべき老中との謁見《えつけん》にも多用され、将軍が一日の大半を過ごす部屋となっている。

「出羽、そのほうが庭番衆を勝手に使うておったことは、もとより存じておるぞ」

「お、恐れ入りましてございまする」

「その儀については是非を問うまい。余の名代として使役すること自体はかねてより差し許しておる故」

震えが止まらぬ忠英から経緯《いきさつ》を余さず訊き出した上で、家斉は言い渡す。

御庭番衆への下知《げち》は、御側御用取次の御役目の一つである。

もちろん下すのは将軍の意向に沿ったことでなくてはならず、手前勝手に使い立てするなど以《もっ》ての外《ほか》だが忠英は家斉の一番の御気に入り、側近中の側近だ。老中首座の松平伊豆守信明を始めとする堅実派の幕閣を牽制し、隙あらば抑え込む任を担わせている忠英を家斉が無下にしないであろうことは、正道も先刻承知であった。

「いま少し自重せい、出羽」

「ははーっ」

「苦しゅうない。向後《こうご》は良きに計らえ」

深々と頭を下げたままの忠英にそれだけ告げると、家斉は正道に視線を向けた。

「待たせたな、備後」

「滅相《めっそう》もございませぬ」

「そのままでは話もできまい。面《おもて》を上げよ」

「ははっ」

正道は謹《つつし》んで上体を起こした。

「されば備後、出羽が申しておった同心の両名について聞かせよ」

「八森十蔵と和田壮平。それがしが先月より御預かりしておりまする北御番所の隠密廻にございまする」

「その名は耳にした覚えがある。たしか肥前から聞き及んだことであった」

「去る弥生の歌舞伎興行に際して御上意《ごじょうい》を賜《たまわ》りし肥前守殿に成り代わり、ご存命であられた土佐守殿が当時配下の両名を森田座へ遣わされた儀ではございませぬか」

「そのことだ。肥前の話によらば、首尾《しゅび》よう任を果たしたそうだな」

「それがしも八森と和田より、左様に報を受けておりまする」

「両名共に還暦を過ぎて久しいそうだが、障りはないのか？」

「齢を重ねし身なれど心身共に壮健にて、探索御用のみならず捕物も、定廻と臨時廻の上を行く、紛《まご》うことなき手練にございまする」

「ほお、頼もしき限りであるな」

家斉は興味深げにつぶやいた。

「して備後、その八森と和田の家は古いのか？」

「ははっ。いずれも足軽《あしがる》なれど、三河《みかわ》以来の御直参《ごじきさん》にございまする」

「ほお」

「元を正せば八森は西国《さいごく》、和田は東国《とうごく》の出との由」

「和田と申さばそうであろうが、八森とは珍しき姓であるな」

「八つの森とは当て字にて、宮を守ると記しまする」

「さすれば、御禁裏付《ごきんりづき》の？」

「左様にございまする」

家斉の問いかけに、正道は折り目正しく頷いた。

「それがしが調べましたるところ、八森が先祖は京が都となるより早く洛外《らくがい》に住んでおった蟠踞《ばんきよ》が一族にございまする。同じく先住の民であった蝦夷《えみし》や熊襲《くまそ》が討伐《とうばつ》されたのと違うて御禁裏に取り込まれ、文字どおり宮を守る御役目に就いた由」

「軽輩と申せど、まことに古き家だのう。して、いま一人は？」

「周知のとおり和田は東国武士の家にて、平家《へいけ》に臣従《しんじゅう》しておったのが源氏《げんじ》の嫡流《ちゃくりゅう》……頼朝《よりとも》公が流刑《るけい》に処されたを機に北条《ほうじょう》と縁づき、兵を挙げたのに加勢したことが始まりにございまする」

「和田と申さば多々あるが、そのほうが配下の祖は何をしておったのだ」

「戦の趨勢を左右するため、探索と撹乱を専らとする一族だったようで」

「つまりは、素っ破《すっぱ》か」

「左様に呼ばれる以前より関東の諸将に仕え、勝敗の分け目を担っておった由」

「和田家そのものは源氏三代が滅びし後に北条に追われたはずだが、東国に残りし者どもが諜報《ちょうほう》に手腕を振るうておったのであろうな」

正道が語る話に、家斉は熱心に耳を傾けながら所見を述べた。

もとより家斉は『三国志演義《さんごくしえんぎ》』のみならず、日の本の軍記物も好む質。古《いにしえ》の合戦《かっせん》の勝敗を左右した武家あがりの間者《かんじゃ》の一族が徳川に仕え、ひいては隠密廻同心になったと知るに及んで、湧き上がる興奮を隠せずにいた。

「して、それから後は何としたのだ。守宮はどうなった」

「和田が先祖は新田義貞《にったよしさだ》公に与《くみ》して鎌倉府滅亡に立ち会いし後、南北朝動乱を経て足利《あしかが》将軍家に仕えましたが応仁《おうにん》の乱から乱世に入り、十三代義輝《よしてる》公が弑《しい》されたを潮《しお》に浪々《ろうろう》の身となった由。八森家が先祖も時同じくして都を離れ、御陣場借《ごじんばが》りから始めて神君家康公《しんくんいえやすこう》に御仕えしたのでございまする」

「左様であったか。人は誰もが歴史あるものなれど、同心とて侮《あなど》れぬのう」

「御意」

感嘆の吐息を漏らす家斉に、正道はすかさず同意を示す。

忠英は平伏したまま面を上げられず、一言も口を挟めずにいた。

八

正道は頃や良しと判じて、新たな話を切り出した。

「当代の八森十蔵と和田壮平も、失うには惜しい者どもかと存じまする」

「ほお」

期待に違《たが》わず、家斉は食いつく。

「十蔵は当年取って六十五、壮平は六十四。老骨なれど一騎当千《いっきとうせん》の強者《つわもの》にして七方出《しちほうで》の名手。変わり身の冴えは、三津五郎と歌右衛門も舌を巻く出来との由」

「まことか。それは大したものだのう」

「恐悦至極に存じ上げまする」

家斉に称賛され、正道は深々と頭を下げる。

その機を逃さず、横から割り込む声がした。

「う、上様、畏れながら申し上げたき儀がございまする……」

「何だ、出羽か。面を上げい」

平伏させたままだったことに気付いた家斉が、すぐさま忠英に許しを与えた。

血が上《のぼ》った顔を赤くしたまま、忠英は言上《ごんじょう》した。

「上様……備後守めに、謀《たばか》られてはなりませぬぞ」

「お黙りなされ、出羽守殿っ」

「苦しゅうない。出羽、申せ」

憤った正道を目で制し、家斉は先を促した。

赤らんだ顔を綻《ほころ》ばせた忠英は、満を持して言い放つ。

「こやつが配下の隠密廻どもは手練なれど、由々しき大事を抱えておりまする」

「由々しき大事、だと？」

「ははっ」

「左様に言われては聞き捨てなるまい。子細を存じておるならば、申してみよ」

「御意を賜りし上なれば、包み隠さず申し上げまする」

重ねて許しを得た忠英は、莞爾《かんじ》と笑みを浮かべて言った。

「これは備後守が上様より御預かりせし北の御番所のみならず、肥前守が御預かりの南御番所にも関わることにございまする」

「ふむ、肥前まで余を謀っておったということか……」

続いて忠英が暴露した話にも、家斉は怒りの色を見せずにいる。

予想を超えることを知るに及ぶと、人はかえって冷静になるものだ。

その気になれば有無を言わせず、相手を断罪し得る立場なればこその反応であるとも言えるだろう。

「して出羽、備後と肥前は如何なる儀を、余に隠し立てしておったのだ？」

「いずれ劣らず、不忠極まることにございまする」

家斉に促され、忠英は満を持した面持ち。

頭に上った血はすでに引いている。

代わりに正道の顔から血の気が失せ、青ざめるのを通り越して白くなっていた。

形勢を逆転させた忠英は、嬉々として語り始める。

「まず備後守が配下の八森十蔵と和田壮平の両名にございまするが、共に婿に入りし身でありながら還暦を過ぎても子をなさず、養子も未だ迎えておりませぬ」

「その年で後継ぎが居《お》らぬと申すのか？」

「隠密廻は齢を重ねし当代が指図の下、次代を担う見習いが手足となりて探索に従事するのが習いにございまする。にも拘わらず両名は全てを二人のみにて行い、無理を重ねておる次第にて」

「それだけ聞かば大したものだの。容易にはなし得ぬことであろうぞ」

家斉は感心した様子でつぶやいた。

そのつぶやきを耳にして、呆然としていた正道の顔に生気が戻った。

しかし、忠英は反論する機を与えない。

「上様、畏れながら由々しき儀は、この先にございまする」

「苦しゅうない。出羽、申せ」

「ははーっ」

忠英は恭《うやうや》しく一礼し、口を挟めぬ正道を尻目に言上した。

「十蔵は八森が家付き娘の七重との間に子を授かれぬまま、十年前に病で亡くした由なれば情状酌量の余地もありましょう。したが十蔵は婿入り前に平賀源内が門下に属せし身。人を殺《あや》めて獄に死せる輩《やから》が弟子であったにも拘わらず、八森が先代の軍兵衛が何を血迷うてか、入り婿とした次第」

「平賀源内か……あやつの始末はこたびの機巧細工師に増して、手間がかかったそうだのう」

「上様」

家斉の何げないつぶやきに、忠英はやんわりと釘を刺す。

先刻承知の正道は黙したままだった。

人を斬り殺した咎で召し捕られ、小伝馬町牢屋敷で破傷風《はしょうふう》により落命したとされる源内の最期については未だ不審な点が多いのは、野放しにしておくことが幕府の危機に繋がると見なされ、密かに始末されたが故のこと。

いつの世も、時代を先取りし過ぎた技術や理論は闇に葬られるのが常である。

徳川の天下において、最も警戒されたのは蘭学だ。

医療の発展に寄与することは例外とされる一方、天体の観測や測量を含む科学全般については厳しい監視の下に置かれ、軍事の発達に関わる技術に至っては書を通じて世に出すことも許されず、処罰された者は少なくなかった。

とはいえ密かに命まで絶たねばならぬほど危険視されたのは、ごく限られた者しかいない。

それは町奉行といえども関与しかねる、上つ方の思惑に基づいた処置だった。

「出羽、続きを」

何事もなかったかのように、家斉が忠英を促した。

「されば、和田壮平について申し上げまする」

「出羽守殿、その儀ばかりは……」

「控えよ、上様の御前であるぞ」

堪らず口を挟んだ正道を、忠英は即座に黙らせた。

家斉は無言で話の続きを待っている。

がっくりと項垂《うなだ》れた正道に構うことなく、忠英は言った。

「壮平が師は伊達《だて》様がご家中にて藩医を務めし、工藤平助にございまする」

「存じておるぞ。六十七で亡《の》うなるまで江戸屋敷詰めの傍ら、築地《つきじ》に構えし診療所は梁山泊《りょうざんぱく》と呼ばれていたそうだな」

即座に家斉がつぶやいたのは、唐の白話《はくわ》小説好みならではのことだった。

「仰せのとおりにございまする。その診療所に住み込んでおった壮平は和田家の先代に見込まれて、婿入りした次第にて」

「それだけならば咎めるには及ぶまい。梁山泊の異名《いみょう》に違わず多士済々《たしせいせい》が集まりし場だったというだけのこと故な。そもそも工藤は諸大名でも別格の伊達殿が家中。将軍家と申せど無闇《むやみ》に横槍《よこやり》を入れるわけには参らぬぞ」

「…………」

家斉の言葉を耳にするうちに、正道は安堵の面持ちとなってくる。

そこに水を差したのは忠英だった。

「畏れながら壮平には、見逃せぬ大事がございまする」

「何だ、出羽」

「こやつは長崎生まれにて、何と大通詞《だいつうじ》が丸山《まるやま》の遊女に産ませし隠し子」

「それだけか」

「いえ。肝心なのは、その先でございますれば」

「勿体《もったい》を付けるでないわ」

「されば疾《と》く申し上げ奉りまする」

忠英は家斉に一礼すると、正道に勝ち誇った視線を投げかけた。嬉しげに細めた目を向けるに留め、言葉までは発さない。

正道は無言で俯くばかり、
対する忠英は浮かべた薄ら笑いをそのままに、満を持して言い放った。

「和田壮平が母親は、かつてのカピタンと丸山遊女の間に生まれし身。つまり壮平は異人の孫だったのでございまする！」

「何と……」

絶句した家斉を前にして、正道は声もない。

それは壮平が隠し通し、三十年来の付き合いである十蔵さえ未だ知らずにいる秘密であった。

「出羽、そのほうは左様なことを、如何にして知り得たのだ」

家斉が、未だ信じ難い様子で問いかけた。

「探り出したのは相良忍群《さがらにんぐん》にございまする」

問われた忠英は、即座に答えた。

「上様におかれましてはご存じのとおり、肥後人吉《ひごひとよし》の相良候は将軍家と取り交わせし古の御約定に今も従い奉り、家中の士から選りすぐりし手練を江戸と九州に半々ずつ留め置きて、御公儀の隠密御用を御助けつかまつっておりまする。その九州詰めの者たちに身共が手を回して拠点の天草《あまくさ》から長崎に放ち、壮平が生まれを明らかにさせた次第にございまする」

「左様であったか。あの者たちが調べを付けたのならば、間違いはあるまいぞ」

家斉は憮然《ぶぜん》と、されど納得した面持ちで頷いた。

そこに正道が青ざめながらも口を挟んだ。

「上様」

「申し開きか、備後？」

「左様な余地はございませぬ。遺憾ながら、出羽守殿が申されしとおりなれば」

「されば、そのほうは和田壮平が素性を承知しておったのだな」

「左様にございまする」

「前の北町奉行……土佐は知らなんだのか」

「しかとは申せませぬが、さ、左様かと」

「…………」

黙り込んだ家斉を前にして、正道は更に青ざめる。

常の如く己独りが有利な立場となるための、駆け引きをする余裕もなかった。

「如何にして調べおったのだ、うぬっ」

続いて忠英が声を荒らげた。

口を閉ざした家斉の分まで、正道を問い詰めるつもりらしい。

しかし、正道も追い込まれてばかりはいなかった。

「壮平が父親の大通詞は、実を申さばそれがしの存じ寄りにござる。かつて長崎奉行に任じられし者たちにも伝手がござれば、丸山遊郭の調べも付き申した」

「ということは、和田めが異人と判《わか》りし後も御用を任せておったのか?」

「あの者は異人ではござらぬ。歴《れっき》とした日の本の武士《もののふ》にて、それがしが預かりし北御番所にて隠密廻の任を務めし、和田家が当主《あるじ》にござるぞ」

「その名乗りをさせおる資格があるのかと、主のうぬに問うておるのだっ」

「異なことを申されますな、出羽守殿」

忠英の剣幕に屈することなく、正道は答えた。

「南北の御番所が与力と同心は、町奉行の配下なれど家中の士に非ず。上つ方の首が挿《す》げ替わるに関わりなく、一代限りの抱席《かかえせき》と言われながらも代々重ねずして得られぬ知恵と伝手が物申す、華のお江戸の護《も》り人《びと》たちにござり申す」

「ふむ。上は替われど関わりない……か」

「上様!?」

おもむろにつぶやいた家斉に、忠英が慌てて向き直る。

「何とした出羽。備後が口上《こうじょう》、しかと聞いたが苦しゅうないぞ」

「畏れながら、こやつの言うておることは全て詭弁《きべん》にございまする!」

「控えよ出羽。苦しゅうないと申しておろうが」

「ははーっ」

「上様……」

　忠英が平伏させられた隙を突き、正道は家斉へ視線を向けた。

「備後、華のお江戸の護り人とはよくぞ申した。まさにそのとおりぞ」

「御意。それがしが家中には非ざれど、その名に恥じぬ者たちと存じまする」

「八森十蔵と和田壮平が腕の冴えは、大奥のおなごたちから伝え聞いておる。髪飾りを狙いし巾着切りどもを誰からも気取られず、もとより芝居見物の妨げにもならずに召し捕りし手柄話を、三津五郎に聞かされたそうじゃ」

「畏れながら、仰せのとおりにございまする」

「それほどの捕物上手を、無下に扱うてはなるまいぞ」

「されば上様、和田壮平が儀は」

「そのほうが目を配りて、素性が露見《ろけん》せぬように取り計らう限り咎めはせぬ」

「かたじけのう存じ上げまする、上様っ」

　正道は畳に額をこすりつけんばかりに頭を下げる。

　忠英は平伏させられたまま、横目で悔しげに見やるばかりだった。

九

根岸肥前守鎮衛は、南町奉行所と棟続きの役宅に住んでいる。

今日も常の如く朝から登城して、今しがた戻ったところであった。

すでに日は暮れている。

それほど長く御城中に留め置かれ、北町奉行の永田備後守正道と共に御側御用取次の林出羽守忠英から叱責を受けていたのだ。

「いよいよ腹を切らねばならぬかのう……」

老いてなお精悍な顔も、今は苦悩の色が差すばかり。

とはいえ、鎮衛自身の落ち度はそこまで深刻なことではない。

正道に続いて中奥に呼び出され、忠英が手柄顔で暴露したのは鎮衛が配下の隠密廻同心の二名に対し、働きの無いままに俸禄を与えていたという事実のみ。

話を聞いた家斉は一笑に付し、

「苦しゅうない。肥前の裁量に任せる」

と述べただけで、意に従わない南北の町奉行をまとめてやり込め、あわよくば御役御免に追い込まんとした思惑が外れた忠英は、二の句が継げなかったものだ。

それで済んだにも拘わらず、鎮衛が今しがたまで御城中に留め置かれたのは御休息の間から退出するのを忠英が待ち受けて、正道と共に御側衆詰所に連れて行かれたが故のこと。

家斉の夕餉の毒見が始まる寸前まで忠英に拘束され、ねちねち問われたのは同役の町奉行としての連帯責任であった。

「たとえ上様が御許しになられようとも、身共は見逃すわけには参らぬ。二度と詭弁は通じぬものと心得て、首を洗うておくことぞ」

人払いをした詰所に二人を並んで座らせ、脅し文句をしつこく並べ立てたのだ。

しかし、正道も負けてはいなかった。

「出羽守殿、心得違いをなされますな」

「何だと?」

「貴公は御側御用取次、それがしは町奉行にござる。ご老中の仰せとあらば従わざるを得ませぬが、出羽守殿からお指図を受ける謂《いわ》れはござるまい」

「うぬっ、身共より受けし恩を忘れおったか!」

「それはお互い様でござろう。しかるべき礼はさせてもろうたはずですぞ」

「さ、はきとご存念を申されよ」

臆《おく》せず促す正道を前にして、忠英は堪らずに口を閉ざした。

北町奉行に就任後、正道から受け取った袖の下について、鎮衛も同席している場で口外するわけにはいかない。

賄賂《わいろ》は贈った者のみならず、受け取った者も罪に問われる。松平越中守定信が老中首座だった当時であれば二人まとめて切腹か、それさえ許されずに首を打たれていただろう。後任の松平伊豆守信明も定信より甘いとはいえ、無罪放免とは参るまい。

ここで騒ぎ立てるのは墓穴《ぼけつ》堀りだと、忠英は悟ったようである。

対する正道は腹を括《くく》ったらしく、黙って答えを待っている。

傍らの鎮衛も、眼力の強い双眸をこちらに向けていた。

「む……」

「……各々方《おのおのがた》、退出なされい」

「よろしゅうございますのか、出羽守殿」

とぼけて問うてきたのは鎮衛。

全てを見透かしたかのような眼差しをしておきながら、大した狸ぶりであった。

「これで済んだと思うでないぞ」

「心得申した」

鎮衛に続いて正道も毅然と言い置き、人払いがされた詰所を後にした。

「備後守め、見違えたのう」

その時のやり取りを思い出し、鎮衛は独り微笑んだ。

「ち、父上、父上っ」

廊下を駆ける足音に続き、繰り返し呼ばわる声が聞こえてきた。

役宅で共に暮らしている、嫡男の杢之丞《もくのじょう》である。

「何としたのだ、騒々しい」

廊下に面した障子を自ら引き開け、鎮衛は杢之丞を叱りつけた。

「申し訳ありませぬ父上。お客人がお越しにござれば……」

「客とな？」

「北のお奉行にござる」

「備後守か」

「お忍びの態《てい》にて、供は同心が二名だけにござる」

「……その同心と申すのは、老年の者だな」

「よくご存じで……いずれも六十半ばと見受け申した」

「相分かった。早々にお通しせい」

「心得申した」

杢之丞はすぐさま廊下を駆け戻っていく。

「譲之助《じょうのすけ》、参れ」

続いて鎮衛が呼び出したのは六尺豊かな、羽織袴姿の美丈夫。

根岸家に父子で仕える、見習い内与力の田村《たむら》譲之助だ。

「何事でございまするか、お奉行」

「いますぐ裏より出でて、番外の者どもを呼び集めて参れ」

「若様のみならず、全員を……でございまするか？」

「火急《かきゅう》の用向きと申し伝えよ。急げっ」

「ははっ！」

常にも増して強い鎮衛の語気に圧《お》され、譲之助は走り出した。

役宅の裏口から回り道をして八丁堀に向かえば、北町の三人と顔を合わせることはないだろう。続いて深川まで走ることになるが、俊足《しゅんそく》の譲之助ならば任せておける。

鎮衛は廊下を渡り、役宅の玄関へと急ぐ。自ら進んで応対し、一同が集まるまでに要する時を稼ぐつもりであった。
あちらが手の内を晒《さら》すのならば、こちらも応じるのが筋である。
その上で手を組むべきか、あるいは張り合うべきかを判《はん》じよう。
左様に心を決めた鎮衛は、粛々と廊下を渡りゆく。
今日も降り止まぬ雨に中庭が煙っている。
文化八年皐月の江戸は、未だ梅雨の直中であった。

座敷牢の聖母

一

譲之助を使いに出した根岸肥前守鎮衛は、着替えに取りかかった。

廊下に面した障子を閉め、肩衣を外して半袴を脱ぐ。

裃の下の着物は熨斗目ではなく、夏用の白帷子《しろかたびら》だ。

肌着の半襦袢では吸い取れなかった汗が帯にまで染みている。風通しの悪い場所で忠英に叱責され、流した汗は不快極まりないものであった。

襦袢ごと脱ぎ捨てて、替えの半襦袢と染《そめ》帷子に袖を通す。いつでも着替えができるように妻女のたかが自ら洗い、乾きたてを畳んでおいてくれるのだ。

茶無地の染帷子に帯を締め、袖無し羽織を重ねて襟を正せば着替えは終わり。たかが毎朝結ってくれる白髪頭に軽く櫛を入れ、武家の習いで屋内においても帯びる脇差のみを腰にして、部屋を出る。

素足で廊下を踏み渡り、向かう先は玄関脇の使者の間だ。

武家屋敷には規模の大小に拘わらず、玄関の近くに待合室が設けられている。同心用の組屋敷でさえ、小さいながらも取次の間が付いていた。

与力と同心が働く役所と奉行の役宅を兼ねた南北の町奉行所の場合、式台の付いた玄関に上がった右手に、使者の間と呼ばれる一室が用意されていた。

使者に限らず客人を通して待たせ、取次をした上で奥へ案内する。訪ねてきたのが真っ当な者ならば、この手順に従って対応すればよい。

しかし、慮外者《りょがいもの》が相手であれば話は別だ。

玄関に上がった正面は板敷きの広間となっており、右手に使者の間、左手に詮議所《せんぎしょ》と呼ばれる尋問用の部屋がある。更に左へ進んだ先が御白洲《おしらす》で、奉行を補佐して吟味を行う与力と配下の同心たちの詰所も付設されていた。

つまり玄関の左手は、町奉行所の顔と言える御白洲が中心の裁きの場。専ら出入りをするのは勝手知ったる与力と同心で、廊下が渡されているため移動もしやすい。

一方、玄関の右手に設けられた使者の間は周囲の部屋から隔てられており、案内を待たずに奥へ踏み込むことはままならない。

玄関番に預けさせられた刀を奪い、暴れたところで無駄である。

玄関正面の広間は、奥に幅三間《けん》（約五・四メートル）の床《とこ》がある。

この床の下の袋戸棚に常備されているのは、五十挺《ちょう》の火縄銃と弾薬。

左手には三間柄《え》の槍が数十も備え付けられた部屋があり、事あらばすぐに同心たちが持ち出せるようになっていた。

これだけの備えがあれば、騒ぎを起こしても早々に鎮圧《ちんあつ》される。

鎮衛を訪ねてきた北町奉行の永田備後守正道と配下の二人が暴挙《ぼうきょ》に及ぶことはあるまいが、万が一にも血迷った真似をすれば総出で取り押さえ、身柄を目付に引き渡すこととなる。

一年前に北町奉行所で出来《しゅったい》した刃傷沙汰を教訓に、南町奉行所は慮外者への対処を想定した調練を欠かさずにいる。

南町奉行となって十三年目の鎮衛は、数々の事件を裁いてきた名奉行。市中の民が寄せる信頼は実に篤《あつ》い。

その名奉行にも、公にできかねることがある。

去る卯月の末、南町奉行所に手練の青年が乗り込んできた。

理由は無実の罪で召し捕られた、年端《としは》もいかぬ子どもたちを救うため。

行く手を阻《はば》んだ小者から番方若同心に至るまでをことごとく失神させ、奉行所内の道場で柔術の助教を務める譲之助をも一蹴《いっしゅう》した青年は、これまでの記憶を失い、自分の名前さえ未だ思い出せずにいる。

比類なき腕の冴えだけではなく、人としての質も見極めた鎮衛は、その青年を配下に加えた。抱える事情を委細承知の上でのことだ。

鎮衛が青年に与えた立場は、番外同心。

共に働くに値すると見込んだ者たちも、仲間として密かに取り揃えた。

一番組から五番組のいずれかに属する他の同心たちとは異なる立場にして、鎮衛を含む限られた者だけが知る、秘密の存在。

自身の切り札である番外同心を、これから鎮衛は正道に引き合わせる。

正道から直々に命《めい》を受けて密かに御用を務める、鎮衛も未だ素顔を知らない二人の隠密廻同心、人呼んで『北町の爺様』との対面を引き換えに了承したことだ。

鎮衛と正道は、もとより反《そ》りが合っていない。

しかし御側御用取次の林出羽守忠英を敵に廻したからには、町奉行同士で揉《も》めてはいられまい。

今ここで手を組まなければ、共倒れとなるのが目に見えている。

南北の町奉行は江戸市中の司法と行政を担う。

将軍家の御膝元、大江戸八百八町《はっぴゃくやちょう》の安寧《あんねい》は二人の奉行が両輪となって動かなければ保たれない。

忠英に狙われた災いを福となし、今こそ正道と手を携えるべし。

鎮衛は廊下を渡りきり、玄関前の広間に出た。

未だ名無しの手練のことを、鎮衛と仲間たちは『若様』と呼んでいた。

二

日は沈み、空は黒雲に覆われていた。

雨は止むどころか激しさを増し、どの道もぬかるむ一方。

鉄砲洲《てつぽうず》の町人地を、独りの青年が駆けていく。

波除稲荷《なみよけいなり》で有名な鉄砲洲は江戸湊《みなと》の出入口に当たる、海沿いの地。

日が暮れた通りを行き交う者は、誰もいない。

潮の香りが強い風の中を駆け抜ける若者は、二十歳を過ぎたばかりといった年頃。

傘を差さずに袖付き合羽《かっぱ》を着込んだ上で、被っていたのは網代笠《あじろがさ》。縁《ふち》を左手で掲げ持ち、急ぎながらも前方への注意を怠ってはいなかった。

大ぶりの笠の下から覗いた顔は色白で、鼻筋の通った細面《ほそおもて》。当節の若者らしからぬ落ち着いた雰囲気と、品《ひん》の良さを兼ね備えた青年であった。

稲荷下の通りに差しかかった時、ふと青年は足を止めた。

降りしきる雨の向こうに、鉄砲洲稲荷の鳥居が見える。

その先の境内を逃げ回っているのは、小柄な若者。

後を追う三人組は、揃いの黒装束に身を固めた二本差し。

羽織と袴ばかりか、下の着物まで黒一色。

目付の配下で江戸市中の探索に従事する御小人目付《おこびとめつけ》を思わせる装いだが、袴は士分以外の者も常着にできる野袴だ。笠の下に覆面《ふくめん》を着け、念入りに顔を隠しているのも御小人目付と異なる点だった。

「お前ら、俺を藤岡の由蔵と知ってのことかい！　命まで狙われる覚えなんかありゃしねぇよ！」

わめきながら駆け回る動きは存外には素早いが、迫る三人は更に俊敏《しゅんびん》。

由蔵と称する若者は周りを囲まれ、立ち往生せざるを得なくされてしまった。

左右を固めた二人が、すらりと刀を抜き放つ。

正面に立った一人は刀に手を掛けることなく、自然体で行く手を阻んでいる。

「うっ⁉」

身を翻《ひるがえ》さんとした由蔵が、左の腕を斬り裂かれた。

参道の石畳に滴《したた》り落ちた血が、たちまち雨に流される。

骨まで達した傷ではなさそうだが、血を流せば動きは鈍《にぶ》る。

「俺には夢があるんだよ！　邪魔ぁしやがると化けて出るぞ！」

負けじと吠える由蔵に、揃いの黒装束が迫り来る。

草鞋履きの足が、じりじりと間合いを詰めていく。

近間に踏み込む寸前、三人組の動きが止まる。

いつの間に廻り込んだのか、由蔵の背後から見知らぬ青年が姿を見せたのだ。

「こちらは御神域です。お腰の物を収めなさい」

落ち着いた声で告げながら、青年は網代笠を取る。

露わになった頭は剃り上げられ、毛が一本も見当たらない。

「ど、どうしなさるってんですかい、ご坊っ⁉」

「私はお坊様ではありませんよ。お手数ですが、しばし預かっていてください」

続いて合羽も脱いだ青年は、網代笠と共に由蔵へ手渡した。
左の黒装束が動いた。
降りしきる雨をものともせず、青年に向かって斬り下ろす。
竹刀打《しないうち》で身に付けた技ではない。
小手先ではなく全身で得物を振るう、古流剣術の体《たい》の捌《さば》きだ。
青年は動じることなく、迫る刀と向き合った。
退《しりぞ》くことなく前方に、刃筋《はすじ》を外して進み出る。
繰り出す拳《こぶし》に打ち倒され、黒装束が石畳に転がる。
右の黒装束が迫り来た。
切っ先を無闇に高々と振りかぶらない、古流剣術の刀捌きだ。
青年が前に出た瞬間、またしても黒装束は打ち倒された。
残るは正面の一人のみ。
「お強いですね」
正面から迫る相手に青年が告げる声は、境内に忽然《こつぜん》と現れた時から変わらぬ響き。
一隊の頭と思しき黒装束は、仲間の二人を打ち倒されても動じていない。
石畳を蹴って跳び、頭上から迫り来る。

青年は動じることなく迎え撃つ。
雨風の止《や》まぬ中、二人の体が飛び交った。
遠間に降り立った黒装束が、腰の刀を抜き放つ。
八双《はっそう》に似た構えで刀身を立て、唱え始めたのは摩利支天経《まりしてんきょう》。
読経しながら繰り返し、邪気《じゃき》を祓《はら》うかのように刀を振るう。
対する青年は両手を前に出し、見慣れぬ印《いん》を結び始めた。
「金剛力士の拳《けん》……！」
黒装束が驚きの余りに漏らしたのは、読経よりも高い声。
切れ長の目で青年を睨み付け、覆面の下で口を引き結ぶ。
再び二人は向き合った。
両者の間合いがたちまち詰まる。
黒装束の斬り付けを紙一重《かみひとえ》でかわしざま、青年は近間に踏み込んだ。
みぞおちに拳を当てる動きに力みはない。
にも拘わらず、黒装束はよろめいた。
雨に濡れた石畳に刀が転がり落ちる。
青年は相手の腰に手を回し、転びかけた体を支えた。

「すみません。手加減ができませんでした」

手を離すと同時に踵を返し、啞然《あぜん》と見ていた由蔵に歩み寄っていく。

背中を見せても、隙は無い。

黒装束は刀を拾い上げ、よろめきながらも鞘に納めた。

「姫様《ひいさま》っ」

仲間の一人が駆け寄って肩を貸し、いま一人は去りゆく青年と由蔵を睨み付ける。

共に意識を取り戻して早々、闘志は十分。

しかし『姫様』と呼ばれた黒装束は、追撃を許さなかった。

「追わんでよか。無理に仕掛けても相討ちばい」

切れ長の目を吊り上げて、制する声は肥後訛《ひごなま》り。

「ばってん姫様、取り逃がしたら出羽守様にキリシタンば御嫌疑《ごけんぎ》が……」

「よか。あの色ボケが手ば引いたら、それで済む話たい」

焦りを隠せぬ年配の配下を黙らせる声は、明らかに女のものだった。

三

「水臭いにも程があろうってもんだぜ、壮さん……」

閉められた襖の向こうから、十蔵のつぶやく声が聞こえてくる。

南町奉行所の使者の間である。

常より遅く下城した正道に壮平ともども呼び出され、寝耳に水の話をされたのは日が沈む間際のこと。

間を置かず正道から同道を命じられ、降り止まぬ雨の中を数寄屋橋まで足を運んできたのである。

頭が混乱したままの十蔵は、口を衝《つ》いて出る言葉を抑えきれない。

「俺はもとより志津さんも、お前《でえじ》さんと三十年越しの付き合いなんだぜ。お互《たげ》えに命まで預けてきたのに、そんな大事をこの年になっちまうまで隠し通すたぁ、あんまり酷《ひど》いじゃねぇか」

「……相すまぬ」

十蔵に向かって詫びる、壮平の声は弱々しい。

小銀杏に結われた白髪が濡れている。

正道の話を耳にして、どっと湧き出た冷や汗と脂汗《あぶらあせ》だ。

濡れた白髪に交じるは黒髪のみで、もとより金髪や赤毛など一本も見当たらない。

「……墓の下まで持って参るつもりであったが、やはり人の口に戸は立てられぬものだな……許してくれ、八森……」

「頭を上げてくれよ、壮さん」

伏して詫びる壮平を十蔵は抱え起こした。

力なく面を上げた壮平と目を合わせ、努めて冷静に問いかける。

「お前さんが詫びなきゃならねぇことは、他にあるんじゃねぇのかい」

「……志津との間に、子を作らなんだことか」

「そうだよ」

十蔵は厳めしい顔を顰《しか》めて言った。

「ずっと妙なこったと思っちゃいたんだよ。夫婦揃って杉田先生に診てもらった時に七重は孕み難いって診立てをされちまったが、志津さんにゃ何の障りもなかったじゃねぇか？　お前さんもしっかり太鼓判を捺《お》されてたのに、どうしていつまで経っても授からねぇのか、ってな……」

「……月の障りを基にして、同衾《どうきん》する日を選んでおったのだ」

「孕みやすい日を避けてたってことかい!?」

十蔵は思わず声を荒らげていた。

壮平は和田家に婿入りする以前、医者として将来を嘱望《しょくぼう》された身。

江戸詰めの仙台藩医だった工藤平助に師事し、その伝手で蘭方の名医たちから外科を中心とした、新式の治療法を学んでいたのである。

「どうしてお前さんは、そこまでしなくちゃいけなかったんだい?」

「……この世に生を受けたことを、我が子にまで悔やませとうなかったのだ」

「壮さん……」

訥々《とつとつ》と答える壮平に十蔵は言葉を返せない。

黙り込んだ十蔵の顔が映り込む、壮平の瞳は茶色。

色白で顔の彫りも深いが、極端に鼻が高いわけではない。

白いものがめっきり増えた眉毛も以前は黒々としており、張り込みを共にして月代と髭が伸びても、金髪や赤毛が交じっていたことなど一度もなかった。年季の入った観察眼を以てしても、気付けなかったのは無理はあるまい。

それでも十蔵は口惜《くちお》しい。

文化八年の日の本に遺伝という言葉は存在せず、壮平が危惧《きぐ》した隔世遺伝《かくせいいでん》についても実証されるには至っていないが、親の特徴が子を飛び越して孫に、あるいは曽孫に受け継がれる可能性があることはかねてより知られていた。

故に壮平は子を作るのを避けるため、生理の周期から安全と割り出した以外の日は妻の志津と交わりをせずに今まで過ごしてきたのだ。

考えすぎだと決めつけて、一笑に付すのは容易い。

だが壮平の子種で懐妊し、生まれてくる子どもが黒髪と茶色い瞳になる保証はどこにもない。

異国との接触を極力避けてきた日の本は、金髪碧眼《へきがん》を生まれ持った子どもにとって安住の地とは言い難い。

不幸な目に遭わされると分かっていながら、子を作ってはなるまい。

故に愛妻の志津をも謀《たばか》り、夫婦二人きりの暮らしを続けてきたのだ。

そうせざるを得なかった苦衷《くちゅう》を明かされては、重ねて責めることなどできない。

「怒鳴っちまって悪かったな、壮さん」

十蔵は壮平に詫びた上で、じろりと上座に視線を向けた。

正道は独り腕を組み、目も口も閉ざしている。

下城した時に着ていた裃から羽織袴に装いを改めた、お忍びの形《なり》である。福々しく肥えてはいるが膝を揃えて座る姿は形良く、背筋も自然に伸びている。

十蔵は壮平から離れると、正道に向き直った。

「だんまりは感心しやせんぜ、お奉行」

口を閉ざしたままの正道に、十蔵は怒りを込めた眼差しを向ける。

「老い先短え身《みじけ》が知らなくてもいいことを、よくも暴《あば》き立てなすったもんですね」

語気強く語りかけても、返事はない。

正道の調べによると壮平の亡き母は丸山遊郭の遊女で、父親は当時のカピタン。出島の阿蘭陀《オランダ》商館へ差し向けられ、自由に外出することがままならぬカピタンの床の相手をする『阿蘭陀行き』の立場だったという。

その母も壮平と同じ経緯で誕生し、遊郭へ引き取られて遊女となることを生まれた時から義務付けられた身であった。

正道には長崎奉行を経験した、現地の事情に詳しい旗本の知人が多い。一昨年に幕府を震撼《しんかん》させたフェートン号事件の責めを負って自害した松平図書頭《ずしょのかみ》康英《やすひで》も、在りし日に昵懇《じっこん》の間柄だったという。

それほどの人脈を、正道は私腹を肥やすためにしか役立てていないのだ。

「何とか言ったらどうなんですかい」

　十蔵の声が苛立ちを帯びてきた。

「……声が大きいぞ、八森」

　正道は口のみならず目も開き、十蔵を睨み返した。

「おや、聞こえていなすったんで？」

「目や口と違うて、塞ぐことはできぬからの」

「手を遣えばよろしいじゃねぇですか」

「いい年をして、幼子の如き真似ができるか」

「お奉行に知らなくてもいいことを明かされるって分かってりゃ、俺はそうしておりやしたよ」

「いい加減にせい。おぬしは俺より五つも上であろうが」

「そう言いなさるお奉行だって。来年は還暦でござんしょう」

「左様だが、それがどうした」

「その年で、どうして無分別なことをしなすったんですかい」

「有り体《あてい》に申さば、おぬしと和田に腹を括らせるためだ」

「腹を、ですかい？」

戸惑いながらも問い返した十蔵に続き、壮平も正道に視線を向ける。

二人の視線を受け止めて、正道は言った。

「時計師の一蔵を見逃したことで林出羽守は立腹し、おぬしら両名ばかりか身共にも引導を渡す所存であったのだ」

「酷《ひで》えなぁ。お奉行が死人は出すなって釘を刺しなすったから、こちとら手加減したんですぜ」

「されど、手傷は負わせたのであろう」

「……左様にござる」

「飛び道具を遣わせたのは俺ですよ。壮さんを咎めねぇでやっておくんなさい」

申し訳なさそうに答えた壮平を、十蔵はすぐさま庇《かば》う。

それを見届け、正道は言った。

「安心せい八森。和田はもとよりおぬしも咎めるどころか、ようやったと褒めてやるつもりであった」

「そうだったんですかい？　お奉行らしくもねぇお言葉でございやすね」

「身共は出羽守の世話にはなったが傀儡《くぐつ》ではない。おぬしが一蔵を見逃してやりたいと言うて参ったのを幸いに、鼻を明かしてやろうと思うたのだ」

「で、蓋を開けてみたら相良忍群が手を貸してたわけですかい」

「左様。腹を括れと申したのも、それ故よ」

「たしかに相良忍群のタイ捨流《しゃりゅう》が相手となりゃ、命が一つじゃ心許《こころもと》ねぇや」

「おぬしでも手に負いかねるのか、八森」

「若《わ》え頃《け》に一度やり合ったことがありやしてね。俺も秩父の山を駆け回って鍛えた体でございやすが、連中の鍛えっぷりは半端じゃねぇですからね。壮《す》さんに助けてもらわにゃ、婿に入って早々にお陀仏《だぶつ》でございやしたよ」

「それほどまでに強いのか」

「それほどでございやすよ。しかもこの年になってやり合うんじゃ、尚のこと勝ち目は薄うございやすぜ」

「出羽守を侮ったは身共の不徳。口惜しき限りじゃ」

「どうせ向こう気を出しなさるんなら、相手を選んでくだせぇよ」

「面目ない。返す言葉も見つからぬわ」

「しっかりなせぇやし。いつものお奉行らしくもありやせんぜ。そのために南の番外同心って連中と手を組もうってんでござんしょう？」

弱気を隠せぬ正道を見かねて、十蔵が励ました時のことだった。

呼びかける声に続いて、廊下に面した襖が開いた。

「お待たせして相すまぬな備後守殿。奥へ案内つかまつり申そう」

敷居際に膝を揃え、迎えの口上を述べたのは鎮衛。

「これは肥前守殿、ご直々に痛み入る」

慌てて向き直った正道に続き、十蔵と壮平も深々と頭を下げて応じた。

「備後守殿、その者たちが？」

「左様、北の隠密廻にござる」

鎮衛の問いかけを受け、正道は下座《しもざ》の二人に視線を向けた。

「お初にお目にかかりやす。八森十蔵でございやす」

「和田壮平にござる」

「根岸肥前守じゃ。おぬしたちが精勤ぶり、亡き土佐守殿からも伺《うかご》うておるぞ」

重ねて頭を下げた二人に告げる、鎮衛の口調はあくまで穏やか。

無言で見守る正道に向けた眼差しも、険《けん》を含んではいなかった。

「雨足が強うなったようだの」

「そのようでございまするな」

鎮衛のつぶやきを受け、正道は頷く。

敷居際に膝を揃えた鎮衛の肩越しに、玄関前まで敷かれた石畳が見える。

那智黒《なちぐろ》の敷石に乾く暇を与えぬ梅雨の長雨は、未だ止むことなく続いていた。

四

降りしきる雨の中、田村譲之助は裏門を潜《くぐ》って南町奉行所を後にした。

今年で二十四の内与力見習いは根岸の家中のみならず、南町で一番の大男だ。

大きな体を蓑《みの》で覆い、手ぬぐいで頰被りをした上に菅笠《すげがさ》を被っている。人形浄瑠璃《じょうるり》から歌舞伎となった当初の『仮名手本忠臣蔵《かなでほんちゅうしんぐら》』五段目に登場した、悪役の斧定九郎《おのさだくろう》さながらの装いだ。

もとより堅物の譲之助の装いは戯《たわむ》れの仮装ではなく、主命《しゅめい》を速《すみ》やかに果たすためのものである。手持ちの傘を用いぬのも走ることに集中するためだ。数寄屋橋から八丁堀へ、更には深川の佐賀町《さがちょう》まで駆け通さねばならないのに、風に煽《あお》られて邪魔になる傘など手にしてはいられない。

裏門を潜って出た先は、大きな屋敷が連なる通り。

南町奉行所を擁《よう》する数寄屋橋から評定所《ひょうじょうしょ》と伝奏《でんそう》屋敷に近い道三橋《どうさんばし》へと至る、その名も大名小路《だいみょうこうじ》だ。同じ名前が付けられた芝《しば》の大路に劣らず、名だたる諸侯が通りの両側に上屋敷を構えていた。

ぬかるむ通りへ踏み出した譲之助は、最初の角を右に曲がる。

角を曲がった先に見えるのは、そぼ降る雨に煙る鍛冶橋御門。

土佐二十万二千六百石の山内家の上屋敷が在るのは、この鍛冶橋の御門内。藩主の山内土佐守豊資《とよすけ》は一昨年に家督を継いだ、当年十八の青年大名だ。土佐城下で評判の時計師が江戸へ下って命を落としかけたのを保護され、無事に国許へ帰された一件は譲之助も聞き及んでいたが、裏の事情までは与り知らない。

鍛冶橋の御門外に出て早々、譲之助は呼び止められた。

「何としたのだ田村殿、それでは二枚目になる前の定九郎だぞ」

呆《あき》れた声を上げたのは蛇の目《じゃのめ》傘から端整な顔を覗かせた、二本差しの若い男だ。

墨い単衣の裾を端折《はしょ》り、細身ながら張りのある脛から腿の半ばまで剝き出しにした姿が様になっている。蓑笠を着けた譲之助が端役《はやく》だった頃の定九郎ならば、こちらは初代中村仲蔵《なかむらなかぞう》が黒羽二重《くろはぶたえ》の着流しを纏った浪人姿で演じて絶賛され、定番となった型が似合いそうだが、月代は定九郎のように伸ばすことなく剃り上げ、元結《もとゆい》の代わりにこよりで髷を束ねていた。

漂わせる雰囲気こそ色悪《いろあく》めいたものだが、堅実な質と見て取れる。

大小の二刀は鞘に藤蔓《ふじづる》を巻いて漆《うるし》で固めた補強がされており、手汗で黒くなりがちな柄巻《つかまき》の下の鮫皮《さめかわ》も汚れていない。

「おお、平田《ひらた》か。着流し姿とは珍しいな」

「見苦しゅうて相すまぬ。一着きりの袴を汚してしもうてな」

「俺もいるぜ、譲之助さん」

どすの利《き》いた声で告げてきたのは破れ傘を差した、同じ浪人風でもむさ苦しい形をした二本差し。えらの張った顎に無精髭《ぶしょうひげ》が目立ち、月代も伸び具合から察するに三日ほど剃らずにいるらしい。墨染めが羊羹色《ようかんいろ》に褪《あ》せた単衣と袴を纏い、鞘の塗りが半ば剝げた大小を帯びた姿は無頼の浪人そのものだ。

「沢井《さわい》も居ったか。折よく出会えて幸いだったぞ」

「それはこっちが言うこったい。なぁ、平田」

「左様、天の助けとはこのことぞ」

安堵の笑みを交わす平田健作《けんさく》と沢井俊平《しゅんぺい》は、悪名高い本所《ほんじょ》の割下水《わりげすい》で生まれ育った御家人の部屋住み。貧乏御家人を武士と思わずに幅を利かせる地回りを相手取って鍛えた腕っ節の強さを鎮衛に買われ、今は南町奉行所の番外同心となった『若様』の仲間として、人知れず捕物御用を手伝う身の上だ。

そのお目付け役としてあてがわれたのが、譲之助である。

「何だおぬしたち、また無心か」

「へへっ、察しが良くて助かるぜ」

「かたじけない。このところ手元不如意《ふにょい》で、晩酌《ばんしゃく》もままならぬのでな」

たちまち半眼となった譲之助に、二人は愛想笑いと共に語りかける。

「黙りおれ。今は殿のお呼び出しが先ぞ！」

期待を込めた視線を受け付けず、譲之助は二人を一喝《いっかつ》した。

「お奉行のお呼び出し？　どういうことだ、田村殿」

「子細は分からぬが、おぬしら一同を急ぎ集めよとの仰せなのだ」

「いつも若様だけしか呼び出さねぇのに、珍しいこともあるもんだな」

「さもあろうが、お忍びで北のお奉行が隠密廻を連れ参っておられるのだ」

「北の隠密廻ってぇと、あの」

「北町の爺様、か？」

「左様。その両名だ」

驚く俊平と健作に、譲之助は続けて言った。

「私は門左衛門《もんざえもん》を呼びに深川まで参らねばならぬ。おぬしたちは先に行ってくれ」

「佐賀町くんだりまで出向くにゃ及ばねぇぜ。銚子屋《ちょうしや》の旦那とお陽《よう》は組屋敷だよ」

「まことか？」

「がきどもが梅雨寒《ざむ》で三人揃って風邪ひいちまったんだよ。看病しようにも男手だけじゃ何かと行き届かねぇだろうって、気を利かせて来てくれたのさね」

「されば子どもらはお陽さんに任せ、門左衛門殿のみ連れ参ろうぞ。して平田、若様は在宅か」

「下のちびが甘えて離れぬ故、お陽殿と一緒に世話を焼いておるよ。我らは居っても邪魔になるばかり故、貴公を誘い出して一杯ありつく腹積《はらづ》もりだったが、お奉行がお呼びとあらば、酒どころではあるまいよ」

「お互えに十俵分は働かねぇとな」

「そういうことだ。参るぞ」

健作は蛇の目をくるりと回し、先に立って歩き出す。

「ちっ、色男は何をしても様になりやがる」

俊平は苦笑いをしながら袴の股立《ももだ》ちを取り、たくし上げた裾を帯に挟む。

「それじゃ譲之助さん、また後でな」

「うむ」

がにまたで駆ける俊平の背中を見送り、譲之助も走り出した。

五

武士は主君を持つことにより、役目と共に家屋敷を授かる。

仮住まいの官舎である御長屋や役宅は一時だけ貸与《たいよ》されるだけだが、屋敷の場合は主君に仕え続ける限りは子々孫々、土地まで含めて返却するには及ばない。

町方与力と同心が暮らす八丁堀の組屋敷も、扱いは同じであった。

引き払うのは御役御免、あるいは御役目替えになった時。

その組屋敷には去る卯月の末まで、南町奉行所の本所深川見廻同心が息子と二人で住んでいた。

鎮衛の計らいで昌平坂学問所《しょうへいざかがくもんじょ》勤めとなった大原宗吾《おおはらそうご》が跡取り息子の信吾《しんご》と共に退去した後、越してきたのは大人と子どもが合わせて六人。

同時に支給されることとなった三十俵二人扶持は大人の三人が十俵ずつで、子どもの三人にまとめて一人扶持。

残る一人扶持は、銚子屋門左衛門とお陽の取り分である。

深川の佐賀町で三代続く銚子屋は屋号のとおり、銚子で産する干鰯《ほしか》を仕入れて売るのが生業《なりわい》だ。

房総《ぼうそう》の海で獲れる鰯《いわし》から油を抜いて乾燥させた干鰯は、金肥《きんぴ》と呼ばれる高級肥料で儲けも大きい。あるじの門左衛門は若い頃に勘当されたほどの放蕩者《ほうとうもの》だったが、身柄を送られた銚子で鰯漁の船に乗せられて性根を改め、後を継いだ銚子屋は今や深川で指折りの大店となっていた。

五徳《ごとく》に掛けた土鍋では、卵入りの雑炊《ぞうすい》が湯気を立てていた。

台所の竈を用いず、子どもたちを寝かせた部屋に火鉢を持ち込んで調理をしたのは暖《だん》を取るのを兼ねてのことである。

八畳間に並べて敷いた布団に横たわり、すぅすぅ寝息を立てている三兄妹は上から順に新太《しんた》、太郎吉《たろきち》、おみよという。

そろそろ薬も届く頃合いだ。一度起こして温かい食事を摂らせ、朝まで寝かせれば熱も下がることだろう。

「どうだいお陽、おとっつあんのご飯拵えの腕も捨てたもんじゃないだろ」

「ほんとだねぇ……あたしより上手なんじゃないのかい」

ふつふつと煮え上がった粥《かゆ》に蓋をして、感心しながらも複雑な面持ちになるお陽は今年で十八。可愛らしい顔立ちに気丈さを兼ね備えた、おきゃんな深川っ子だ。

「そう思うのなら覚えなさい。若様のお嫁になりたいのなら尚のことだよ」

まだ熱を帯びている土鍋を平然と両手で持ち、用意の盆に置く門左衛門は面長で苦み走った顔立ち。若い頃の放蕩は鳴りを潜めて久しく、お陽にそっくりだった女房に先立たれても後添いを貰うことなく、男手一つで愛娘《まなむすめ》を育ててきた。

「やだ、もう」

照れたお陽は腰を上げ、障子を開けて出て行った。

敷居の向こうは取次の間。

その先の玄関に、愛《いと》しの相手が姿を見せた。

「あっ、若様！」

「ただいま戻りました」

三和土《たたき》に立って微笑んでいたのは、鉄砲洲稲荷の境内で由蔵を助けた青年。

その由蔵は青年の背中に身を預け、青ざめた顔でぐったりしていた。

「若様、そちらさんは？」

「通りすがりでお助けしました。ちとお怪我をされています」

若様と呼ばれた青年はお陽に告げつつ、懐から油紙の包みを手渡す。子どもたちに飲ませる熱冷ましを受け取りに、鉄砲洲の医者の許まで出向いたのだ。

「渋庵《しぶあん》先生のお宅に戻ろうかとも思いましたが、浅手なれど刀傷ですので縫わないとなりません。血止めはしておきましたが、金創《きんそう》のお医者に急ぎお頼みしたほうがいいでしょう」

「分かったわ。新太ちゃんたちは任せておいて」

「お任せくださいまし若様。払いは銚子屋が持つと言ってくだされば、どこのお医者も断りはしないでしょう」

気丈に答えたお陽に続き、八畳間から出てきた門左衛門も請け合う。

「かたじけない。されば、行って参ります」

若様は一礼し、銚子屋父娘に背を向ける。

「ご免」

玄関の敷居を跨《また》ぎかけたところに、六尺豊かな男が立ちはだかった。

菅笠を取り、頬被りを解いて顔を見せたのは譲之助。

「おや、田村様でございましたか」

「日も暮れた後に失礼いたす」

譲之助は玄関先から門左衛門に目礼すると、三和土に立った若様に呼びかける。

「おお、若様も居てくれたか」

「はい。鉄砲洲まで、お薬をいただきに参っておりました」

「左様であったか。来がけに平田と沢井に会《お》うて話を聞いたが、子どもらは大事ないのか？」

「おかげさまで大事はありません」

「それはよかった。されば子どもらはお陽さんに任せ、銚子屋殿と数寄屋橋まで同道願えるな」

「ということは、お奉行のお召し出しですか？」

「左様。北のお奉行と隠密廻に引き合わせたいとの仰せだ」

「常ならぬお話ですが、よほどの大事のようですね」

「北の隠密廻っていや、素顔を拝んだ人はめったに居ないそうですよ」

「そうなのですか、銚子屋殿？」

「はい。加賀屋と大和屋……お江戸の歌舞伎の二大看板が、舌を巻くほどの七変化だそうで」

若様が分かるように門左衛門が話している間に、お陽は雨具を用意した。

「はい、おとっつあん」

「おお、すまんな」

お陽が広げてくれた合羽に腕を通し、番傘を取る。

「ううっ……」

若様の背中で由蔵が呻き声を上げた。

譲之助は油断なく由蔵を見やりつつ、若様に問いかける。

「して若様、この者は何としたのだ？」

「帰り道でお助けした人ですよ。浅手ですが刀傷を受けておられます」

「道理で血が臭うておったわけだ。されば、それがしの存じ寄りに預けるとしよう」

「よろしいのですか？」

「道すがらなれば遠回りにはならぬ。放ってもおけぬしな」

譲之助は気のいい笑みを若様に返すと、脱いだ菅笠を再び被る。深川まで駆け抜く間の汗取りに頬被りをしていた手ぬぐいは、畳んで懐に納めた。

「……す、すみやせん」

支度を整えた男たちに、若様の背中から呼びかける声がした。

「あっしは北の隠密廻……八森十蔵様の店子《たなこ》でございやす……ご一緒に連れて行ってくだせぇやし……」

六

一同が揃った鎮衛の私室の周囲は、念入りに人払いがされていた。

見張りに立つのは譲之助と杢之丞。南町奉行所の番外同心として働く面々の顔ぶれを知っているのは、鎮衛とこの二人だけである。

廊下に面した障子はもとより雨戸も閉め切り、余人の立ち入る隙はない。

その場に由蔵が同席を許されたのは、十蔵が責任を持つと約したが故のこと。

「表向きは間借りをさせてるだけの間柄ってことにしておりやすが、あの由蔵は俺の下っ引きみてぇなもんなんでさ」

「岡っ引きと違うのかい？」

十蔵の説明に、俊平が首を傾《かし》げた。

当の由蔵は襖一枚を隔てた次の間にて、壮平の治療を受けている。

「たしか沢井さんって申されやしたね。ご実家の御役目は何でございやすかい」

十蔵が俊平に問い返した。

初対面で尋ねるには不躾《ぶしつけ》なことだったが、先に問うたのは俊平だ。

「小普請組の御家人だよ。知ってのとおり名ばかりの御役目で御目見以下じゃ、上様の御尊顔を拝することもないけどな」

「そうは言っても、他のお大名にお仕えする気はございやせんよね」

「当たり前だ。二君《にくん》に仕えるはずがねぇだろ」

「でしたらお分かりでござんしょう。町人もお武家と同じで、決まった奉公先があるもんを、おいそれと引き抜くわけにゃ参りやせん」

憮然と答えた俊平に、十蔵はさらりと告げた。

「岡っ引きとは、そういうものなのか」

今度は健作が問うてくる。

「へい。形だけのこってすが、手札《てふだ》っていう書付を持たせなくっちゃならねぇんで」

「由蔵は埼玉屋の人足とのことであったな。埼玉屋と申さば御広敷《おひろしき》請負で、千代田の御城に出入りを許されておるはずだ」

「左様でさ。それだけのお店に奉公できたんだから、体が続く間はしっかり働けって由蔵には因果《いんが》を含めてありやす」

「そのおかげで思わぬネタが手に入ったわけだの」

鎮衛が合点した様子でつぶやいた。

「備後守殿、埼玉屋は出羽守が屋敷にも、出入りをしておるのだな？」

「左様。呉服橋の屋敷を拝領《はいりよう》して以来、庭木を任せておるはずだ」

鎮衛に問われて答える正道は、かねてより埼玉屋のあるじと面識を持っていた。

北町奉行に抜擢される前は将軍家に所縁《ゆかり》の要人たちの屋敷に派遣され、用人として屋敷内の雑事を取り仕切る立場に在ったが故だ。

「各々方、お待たせつかまつり申した」

次の間の襖が開き、治療を終えた壮平が姿を見せた。

助手として付き添っていた若様も一緒である。

「お騒がせしちまって申し訳ありやせん。おかげさまで大事に至らずに済みやした」

続いて出てきた由蔵が敷居際に膝を揃え、一同に向かって頭を下げた。

傷を縫われた左腕には、晒《さらし》が厚く巻かれている。

「ご苦労だったなぁ、壮さん」

十蔵が笑顔で壮平をねぎらった。

「うむ……久方ぶりであったが、何とかやり遂げたぞ」

「お見事な手際でした」

十蔵に微笑み返す壮平に、若様が感心した様子で告げる。

健作と俊平は、

「さすがは工藤平助先生のご門下だな」

「築地の梁山泊あがりは伊達じゃねぇやな」

感心しきりで頷き合い、門左衛門は、

「ご無事で何よりにございました」

若様と共に由蔵を担ぎ込んだ身として、安堵の笑みを浮かべていた。

すでに壮平の素性を明かされていながら、一人として敵意も嫌悪も抱いていない。

昔取った杵柄《きねづか》とはいえ、左肩を傷めた壮平は肘から先しか動かない。

にも拘わらず、急を要する役目を全うしたのである。

命じたのは正道だったが、鎮衛の勧めもあってのことだ。

言葉ではなく実力を以てして、手を組むに値する証しを立てよ——。

二人の町奉行の期待に応えた壮平は、初めて顔を合わせた南町の番外同心たちからも信頼も勝ち得たのだ。

「おぬしは物書きを目指しておると聞いたが、利き手が無事で何よりだったの」

「ありがとうございやす、お奉行様」

由蔵は鎮衛の言葉に謝し、重ねて深々と頭を下げた。

鎮衛と並んで上座に着いた正道は、口を閉ざしたままでいる。

驚きを隠せぬ視線は由蔵を通り越し、傍らに寄り添う若様に向けられていた。

七

「さぁ由の字、ご一同さんに申し上げな」

「へいっ」

壮平に促され、由蔵は話を始めた。

「あっしが出羽守様のお屋敷に初めて参ったのは、梅雨に入ってすぐのことでございやした」

林出羽守忠英の屋敷は北町奉行所と同じく、呉服橋の御門内に在る。

忠英が御側御用取次となった明くる年、文化二年（一八〇五）早々に拝領した邸宅は諸大名が近隣に構える上屋敷に劣らず豪壮《ごうそう》。庭木の手入れをするにも多くの人手が必要とされたため、由蔵も剪定《せんてい》の手伝いに駆り出されたのだ。

「そのお部屋はとりわけ日当たりのいい、黒松林から見えるとこにございやす」

「そこでお前さん、新芽を摘む役目を任されたんだな」

「へい。赤松は加減が難しゅうございやすが、黒松は手で折っていけば大事ねぇんで独りでかかりきりになっておりやした」

口を挟んだ十蔵に、由蔵は手ぶりを交えて答えた。

他の面々は口を閉ざし、耳を澄ませている。

若様の顔をじっと見ていた正道も、今は由蔵の話を聴くことに集中していた。

林を成す黒松に梯子《はしご》を立てかけて昇り、一本ずつ新芽を折り取る作業を進めるうちに由蔵は奇妙なものを見たという。

「座敷牢、ってやつですよ」

ひと際高い枝に手を伸ばした時、目に映った部屋には格子があった。

内装こそ立派な座敷だが、出入口は錠前付きの扉が一つだけ。

風通しは良いものの、中に入れば勝手に出ることが叶わない。

咎人に非ずとも人目を憚る、されど粗略には扱えぬ人物を密かに閉じ込める、座敷牢以外の何物でもなかった。

「それで由の字、どなたさんが閉じ込められていなすったんだい？」

「そりゃ、奥向きでございやすから男じゃありやせんよ」

「されば、出羽守が手を付けた御殿女中か」

十蔵に続いて壮平が口を挟んだ。

「そこなんですがね、どうも手付きじゃなさそうなんで」

「窓越しに見ただけで未通女《おぼこ》か否かは分かるまい」

「そりゃそうですが、どう見ても子どもだったんですよ」

「子ども？」

「京の都から江戸に下りなすった、やんごとなき姫様って感じでございやした」

「都とな」

正道が不意に声を上げた。

「何としたのだ、おぬし？」

「思い当たる節があるのだ」

「申してみよ」

鎮衛に問われた正道は、確信を込めて答えた。

「御側御用取次となりてこの方、出羽守の許には大名諸侯のみならず、名だたる豪商から数多《あまた》の貢物《みつぎもの》が集まっておる。生き人形も……だ」

「見目佳《みめよ》きおなごを美々しく着飾らせ、箱に忍ばせて運び込むことだな」

「左様。出羽守も初めの内は嬉々として受け入れておったが、近頃は手付かずで送り返してばかりぞ」

「詳しいな、おぬし」

「さもあろう。身共も一度試みて、突っ返されたのだ」

正道は苦笑交じりに答えると、由蔵に視線を戻した。

「そのおなご、いや、姫と申し上ぐるべきだが、十二かそこらであろう」

「よくお分かりでございやすね」

「間違いあるまい。暮れに江戸へ下って参られた、さる公家《くげ》の姫君じゃ」

「ひでぇなぁ。金にものを言わせるにしたって程があるだろうに」

「それが上つ方というものぞ。怒っても始まるまい」

堪らず俊平は声を上げ、健作が宥めた。

「よろしゅうございますか、北のお奉行様」

黙っていた門左衛門が、おもむろに正道へ問いかけた。

「何じゃ銚子屋。申してみよ」

「もしや出羽守様は光《ひかる》の君《きみ》の真似をなさろうとして、その姫様をご所望《しょもう》されたのではございませんか」

「何故、左様に判じたのだ？」

「私も商人のはしくれでございますので、上つ方へのご進物にまつわる話を耳にせぬ日はございません。中でも出羽守様は飛ぶ鳥を落とす権勢をお手に入れられたお方でございますれば江戸じゅうの分限者《ぶげんしゃ》が躍起《やっき》になって、お気に召されるものを求めんとしておりまする」

「その筋で、光源氏《ひかるげんじ》の話が出たのだな」

「左様にございまする」

「ふむ……すぐには手折《たお》らず、育てるために所望しおったのか」

「あれほどのお方となられましたら、色ごとはおおよそやり尽くされたことでございましょう」

「それが分かるということは、おぬしも相当遊んだ口だな」

「いえいえ、北のお奉行様には到底お太刀打ちできませぬ」

正道の指摘に、門左衛門は薄く笑って答えた。

「してお奉行、その姫君は出羽守の弱みとなり得るのでござるか？」

　壮平が正道に向かって問いかけた。

「これまでの話だけでは難しかろう。年端もいかぬ娘に無体《むたい》を強《し》いておるのであれば咎め立てもできようが、愛《め》で育てておると申し開きをされれば何も申せぬ」

「されば何故、姫君は座敷牢に入れられたのでござろうか」

「そこじゃ」

　鎮衛が口を挟んだ。

「一時だけの懲《こ》らしめということもあり得ようが、そのために座敷牢まで設《しつら》えるほど出羽守の財布の紐は緩くないはずじゃ。大事にしてはおるものの、人目を憚らざるを得ぬ理由があってのことに相違あるまい」

「さすがでございやすね、南のお奉行様」

　我が意を得たりとばかりに十蔵は微笑むと、由蔵に躙《にじ》り寄った。

「なぁ由の字、他に何か見なかったかい」

「そうでございやすね、とにかく立派な設えで……」

「よく思い出しな。お前さんが狙われた理由が、そこにあるに違いねぇんだ」

「どういうことですかい、八森の旦那？」

「幾ら出羽守でも、座敷牢がたまたま見えちまったってだけのことで御公儀御用達の店のもんを闇討ちにゃさせめぇよ。それにお前さんを黙らせてぇんなら、埼玉屋に釘をさせばいいだけのこったろう？」

「へい。雨ん中を使いに出たのを待ち伏せて、命まで狙うなんて、あんまりですよ」

「だから理由があるって言ってんだよ。さぁ、もう一遍思い出してみな」

「うーん……何がありましたかねぇ……」

目を閉じて考え込む由蔵を、十蔵は無言で見守る。

他の面々も口を閉ざして、答えを待つ。

「……そうだ」

由蔵がおもむろに目を開いた。

「ちょうど目につくとこに、妙な絵が飾ってありやしたよ」

「そいつぁ一体、どんな絵だい」

「異国渡りのもんですよ。別嬪《べっぴん》さんと赤ん坊、それに子どもが一人、脇んとこに描き込んでありやした」

「赤ん坊だと」

「へい。遠目でも分かるぐれぇ丸々とした男の子が、真ん中に」

「……その赤ん坊、後光《ごこう》が円《まる》く差してるふうに描かれちゃいなかったかい」

「そのとおりですよ。旦那、どうしてお分かりになったんで？」

「そいつぁ知らねえほうがいいこった。とにかく、よく思い出してくれたぜ」

驚く由蔵の肩をそっと撫でると、十蔵は上座に向き直った。

「お奉行様方、俺に一仕事させていただけやすかい」

「何とする気だ、八森」

まず正道が問いかけた。

「出羽守んとこに忍び込みやす」

「おぬし、本気か」

「もちろんでさ」

十蔵は迷うことなく答えていた。

「おぬしの狙いは、その絵だな」

続いて鎮衛が十蔵に問う。

由蔵の話を耳にして、察しがついているらしい。

「迂闊《うかつ》に盗み出さば、出羽守はなりふり構わず取り戻そうとするであろうぞ」

「俺もそう思いやす。ですんで拝むだけにしておきやすよ」

「それがよかろう」

「じゃ、忍び込むのは構わねぇんで？」

「うむ。埒を明けるには必要じゃ」

「どういうことだ肥前守殿。八森、その絵とは何なのだ？」

正道が焦《じ》れた様子で二人に問う。

「そいつぁ、現物を拝んでからのことでございやす」

「されば、どうあっても参るのか」

「ご心配にゃ及びやせん。年寄りの冷や水ってことはしやせんのでね」

不安を否《いな》めずにいる正道に微笑みかけると、十蔵は若様に視線を向けた。

「お前さん、若様って呼んだらいいのかい」

「左様にお願いいたしまする。面映《おもは》ゆい呼び名にございますが、いつの間にか慣れてしまいました」

「ぴったりなんじゃねぇのかい？　丸坊主じゃなければな」

「これは物心がつかぬうちから、慣れてしもうたようでして……」

剃り上げた頭をつるりと撫でて、若様は恥ずかしそうに微笑んだ。

「へへ、様になってるぜ」

十蔵は気のいい笑みを返すと、続けて若様に語りかけた。

「なぁ若様、すまねぇがこれから俺と付き合っちゃくれねぇか」

「構いませぬが、何処へ参られるのですか」

「なーに、ほんの目と鼻の先さね」

「……林出羽守の屋敷、ですね？」

「さすがだな。察しがいいや」

「何をするつもりだ、八森」

莞爾と笑う十蔵に、壮平が問いかける。

「心配するなよ、壮さん。この若いのなら不足はねぇやな」

「したが、相手は相良忍群ぞ」

「だから今夜のうちに目鼻を付けようってのさね。やり合った相手が日を跨がねぇで乗り込んでくるたぁ、連中も思っちゃいねぇだろ」

「左様なことならば常の如く、私が同道しようぞ」

「いや、気持ちだけで十分さね」

「おぬし、私が信用できなくなったのか？」

「馬鹿を言うない。餅は餅屋ってこったよ」

不安げに問う壮平に、十蔵は微笑み交じりに答えを返す。

一方、若様には俊平が小声で問いかけていた。

「いいのかよ若様、あんな爺さんが相方《あいかた》じゃ荷が重いんじゃねぇか」

「大事ありません。あの方は大した腕ですよ」

「そりゃ、捕物は上手だろうけどよ」

「それは分かりませんが、忍びの腕前は並々ならぬものとお見受けしました」

「私も左様に見受けたぞ、沢井」

口を挟んできた健作が、俊平にささやいた。

「八森殿の体つきは年寄りのそれではない。秩父の山育ちとのことだが、山は山でも岩をよじ登ることを常として鍛えねば、ああはなるまいぞ」

「そう言われてみりゃ、ごつい手をしてやがるな」

「我らも刀を取るのは得手なれど、忍びの探索は未だ素人《しろうと》。この場は八森殿が口上に従うて、餅は餅屋で行くべきぞ」

「そういうこったぜ、お若いの」

「八森殿!?」

「へへへ。平田さんとやら、急に割り込まれて驚いたかい」

いつの間にか躙り寄っていた十蔵が、笑みを浮かべて言った。

「俺ぁ源内のじじいに山猿って呼ばれていてな、畏《おそ》れながら千代田の御城の御金蔵だって、その気になれば破ってのける自信があるんだよ。出羽守の屋敷ぐれぇは朝飯前だが、こういうことは頼りになる相方がいねぇとやりにくってなぁ、お前さん方も心配だろうが、一晩だけお仲間を貸してくんねぇ」

「……相分かった。お任せいたそう」

「俺も異存はねぇよ。うちの若様をよろしく頼むぜ」

健作と俊平が口々に言った。

「かっちけねぇ。それじゃ行くとしようかい」

若様を促して、十蔵は腰を上げた。

八

十蔵と若様が合流したのは、夜が更けるのを待ってのことだった。

共に八丁堀の組屋敷に戻ることなく、南北の町奉行所で各々支度を調《ととの》えたのだ。

「お前さん、得物は持たねぇのかい」

「はい。この身一つで足りますので」

十蔵に微笑み返す若様の装いは、木綿の筒袖に野袴。

「そいつぁ頼もしいや」

厳めしい顔を綻ばせる十蔵は忍び装束を纏っている。組屋敷のみならず奉行所にも備え付けてあるものだ。

雨は今しがた止んだばかりだった。

足元が悪いのは仕方ないが、濡れずに済むのはありがたい。

口を閉ざした十蔵と若様は闇の中、前後になって進みゆく。

目指す忠英の屋敷は目と鼻の先、それも同じ呉服橋御門の内に在る。

相良忍群が網を張っているかと思いきや、一人も姿を見せぬどころか気配すら感じられない。

「妙だなぁ。お前さん、どう思うね？」

「しかとは分かりかねますが、幸いと申せましょう」

声を潜《ひそ》めて言葉を交わし、二人は裏門から屋敷内に忍び込む。

事前に参照したのは有事《ゆうじ》に備え、南北の町奉行所に備え付けられていた絵図面だ。

町奉行は江戸市中の司法と行政を担うと同時に、事あらば幕府の戦力となって闘うことも想定されている。

玄関の広間を初めとする各所に備え付けられた火縄銃と槍が、南北それぞれの与力と同心の全員に行き渡る数であるのは、そのためだ。

護る対象は千代田の御城、そして近隣の大名屋敷。

旗本の忠英は御城を護るために闘う立場だが、自ら陣頭に立つのは御先手組を始めとする武官であり、文官の際たるものと言うべき御側御用取次に戦力としての期待は薄い。当の忠英自身も、矢面《やおもて》に立つ気概《きがい》はあるまい。

その惰弱《だじゃく》さが、十蔵と若様に吉と出た。

それぞれの奉行が保管する絵図面を閲覧し、頭に刷り込んできた二人の動きに迷いはない。

門前のみならず屋敷内の各所に設けられた番所を避け、目指すは姫君が幽閉された座敷牢。押し入らずとも、件《くだん》の絵を見ることができれば十分だ。

目印の黒松林を抜けた二人は窓格子の前まで忍び寄り、息を潜めて気配を探る。

聞こえてくるのは、安らかな寝息のみ。

夜目を利かせて布団の敷かれた位置を見て取ると、十蔵は明かりを点《とも》した。

闇の中、壁に飾られた西洋画が浮かび上がった。

若く美しい母に抱かれた乳飲み子と、傍らに寄り添う少年。

それは幼きキリストと聖母マリア、そして洗礼者のヨハネが描かれた聖母子像。戦国乱世に伝来し、耶蘇教《やそきょう》と呼ばれたキリスト教を御禁制《ごきんせい》と定める日の本においてあり得べからざる存在であった。

うつくしき絵《もの》

一

林出羽守忠英は今宵も独り、寝所で眠れぬ夜を過ごしていた。

悩みの種は、心ならずも座敷牢に押し込めた姫君だ。

名を鞠子《まりこ》という姫君は、宮家に連《つら》なる公家の末娘で当年十二。もとより皇位からは程遠い傍流《ぼうりゅう》だが、高貴の出であることに変わりはない。

名家に生まれた姫君が西国の豪商に委《ゆだ》ねられ、身売りをされたも同然の扱いで遠く離れた江戸まで連れて来られたのは、傍《はた》から見れば由々《ゆゆ》しきことだ。天下の御政道に関わる立場ならば身柄を京の都へ送り返し、御機嫌取りに献上した豪商を厳しく罰すべきであった。

だが忠英は、鞠子姫の身柄を受け取った。

贈り主の豪商から所望された件は、すでに手配が済んでいる。

見返りを受けた以上、姫の実家が借金の取り立てに苦しめられることはない。

忠英が為《な》すべきなのは一刻も早く、鞠子姫を都へ帰すことだ。

しかし、そうすることがままならない。

鞠子姫が聖母子の絵を所持していると分かったのは、身柄と共に届いた荷物が屋敷の奥の座敷に運び込まれ、荷ほどきがされて早々のことであった。

「姫……それなる絵は、何かな？」

「わらわの宝物でおじゃる！」

嬉々として答えを返された忠英は、気が遠くなりかけたものだった。

当年四十七の忠英は十七で小納戸として出仕を始め、十一代将軍となった家斉に気に入られたのは二十三の年のこと。早々に格上の小姓に取り立てられ、とんとん拍子に出世を重ねて御側御用取次の立場を得た。

将軍の御側仕え一筋で公儀の役人として実務に携《たずさ》わったことはなかったが、伊達に年を食ってはいない。鞠子姫が宝物と称する絵が日の本にあり得べからざる、御禁制のキリシタンが伏し拝む畏敬《いけい》の対象——聖母子像だと一目見るなり気が付いた。

幸いしたのは人払いをさせていて、立ち会ったのが忠英だけだったこと。

その場に居合わせたのは鞠子姫が実家を出た時から同行してきたという、お付きの侍女のみであった。

荷物といっても葛籠《つづら》が二つ、侍女と共に姫の実家から付いてきた二人の下男《げなん》が一つずつ背負えば間に合う量だった。

それればかりの荷であれば、余計な人手など要りはしない。

忠英が自ら手伝うことで、姫との親睦《しんぼく》も深められれば一石二鳥。

そう考えたのが幸いし、家中の者にはいまだ気付かれていなかった。

「姫、こちらに寄越しなさい」

「嫌、何をするでおじゃる！」

その場で取り上げようとしたものの、鞠子姫は頑《がん》として拒み通した。

「これが何か知らぬのか？　伴天連《ばてれん》どもがイエズスの悪しき教えを世に広めんがために描かせた、見るもおぞましき代物《しろもの》であるのだぞっ」

猫なで声で機嫌を取るのも忘れて叱りつけても、姫は聞く耳を持たなかった。

「ばてれん？　いえずす？」

「そなた、何も知らずに斯様《かよう》な絵を持っておるのか……」

侍女に話を聞いたところ、その絵は江戸の本石町《ほんこくちょう》三丁目の長崎屋と同じ阿蘭陀宿としての役目を京の都で担ってきた海老屋《えびや》を通じ、姫の祖父に当たる公家が手に入れたものだという。

その当時から貧窮《ひんきゅう》していたにも拘わらず、阿蘭陀渡りの珍しい絵を入手し得たのは無料も同然で渡されたが故だった。

「それは宮家に累を及ぼさんと企みし者がキリシタンの嫌疑を掛けさせ、あらぬ罪に問われるように仕組んでのことではないのか」

「左様に相違あらしまへん。先々代様はそれに気付かはって、誰にも見つからんように隠しはったそうどす」

忠英の疑問に答えた侍女は、すでに還暦を過ぎた老婆だ。

鞠子姫の祖父の一件は、奉公したての頃に起きたことだったという。

「その絵を何故、姫が」

「お納戸の奥に潜《もぐ》り込んで、見つけてしまいはったんどす」

「まことか？」

「姫様はこないしてはりますけど、男顔《おのこ》負けのおてんばですよってに……」

溜め息交じりに侍女が明かしたとおりだった。

「返し」

「姫？」

「その絵を返せ言うとるやろ、公方《くぼう》の腰巾着《こしぎんちゃく》が！」

声を低めて告げてきたのに続く一喝は、やんごとなき姫君の口から出たとは思えぬ迫力であった。

しかも将軍の御側仕え一筋で生きてきた忠英の来し方を踏まえた上で、辛辣《しんらつ》にこき下ろしたのだ。

人は見かけだけでは分からない。

贈り主の豪商の売り文句で理想の姫と信じた自分が馬鹿だったと、悔いても遅い。

そもそも忠英が光源氏を真似た行動を取ったのは、徳川将軍家が源氏物語を代々に亘《わた》って重んじてきたことが理由だった。

徳川家で初めて征夷大将軍となった神君家康公が、朝廷から将軍職を任されたのは武家の棟梁《とうりよう》たる源氏の長《おさ》の証しと解釈して源氏物語を愛読する一方、大坂の陣の戦利品として手に入れた『源氏物語絵巻』など、関連する諸物を集めることに執着したが故のことである。

この習わしは将軍家から徳川御三家と御三卿《ごさんきよう》にも受け継がれ、源氏物語を読むだけに飽き足らず書き写し、作中の場面が描かれた屏風《びょうぶ》などの調度品を嫁入り道具とすることが誉《ほま》れとされた。

忠英も今は旗本だが、いずれ大名となることを望む身として源氏物語を若い頃から愛読し、諳《そら》んじることができるほど熱中してきた。

そして御側御用取次に任じられ、呉服橋御門内に屋敷を拝領《はいりょう》した時、忠英は都から公家の姫君を迎えて、理想の女人《にょにん》に育てたいと思い立った。

頭に浮かんだのは『若紫《わかむらさき》』の巻の一節、

『十《とお》ばかりにやあらむと見えて、白き衣《きぬ》、山吹《やまぶき》などのなれたる着て、走り来たる女《おんな》子《ご》、あまた見えつる子どもに似るべうもあらず、いみじく生《お》ひ先《さき》見えて、うつくしげなるかたちなり。髪は扇《おうぎ》をひろげたるやうにゆらゆらとして、顔はいと赤くすりなして立てり。』

である。

この少女、紫《むらさき》の上《うえ》は光の君こと光源氏に引き取られて成長し、最初の正妻だった葵《あおい》の上《うえ》が没した後に、賢婦《けんぷ》として支え続けた女人。

同じことをしてみたい。

男ならば誰もが一度は考えることだろうが、実行するのは難しい。

この願望を楽々と実行に移せる力を自分は有していると、忠英は考えた。

もとより妻子ある身だが側室は幾人抱えても差し支えはなく、養えるだけの財力も得て久しい。光源氏とは比べるべくもない一旗本だが、老中職を務める大名諸侯をも凌《しの》ぐ権力を手に入れた。

忠英の後ろ盾は、現将軍の徳川家斉。

だが家斉は、源氏物語に対する興味が薄い。

宮廷を模《も》した大奥に入り浸っても、その基となった平安の世の貴族の暮らしに関心を示そうとしないのだ。

好むのは唐土渡《もろこし》りの『三国志演義』や白話《はくわ》小説。

日の本の物語ならば軍記物。

武家としての源氏が書かれた『吾妻鏡《あづまかがみ》』はともかく、光源氏には憧れも共感も抱く様子がなかった。

徳川将軍家の長たる家斉が、このままではいけない。

故に忠英は僭越《せんえつ》ながら自ら範《はん》を示すべく、鞠子姫を迎えたのだ。

紫の上の如く成長することを期して見守り、臈長《ろうた》けた美女となった暁《あかつき》には大奥入りをさせてもいい。

敬愛する主君の家斉が源氏物語に興味を深めるきっかけになってくれれば、自分が手折れなくても構うまい。

そこまで考えていたというのに、いざ江戸に迎えてみればキリシタンが伏し拝む聖母子の絵を後生大事に抱え、手放すまいとするばかり。

座敷牢に入れたのは、忠英の苦渋《くじゅう》の決断。

明るみに出せぬ秘事をひた隠し、人知れず思い悩む毎日であった。

二

「これが聖母子の絵かい……」

灯火に浮かび上がった絵を前にして、十蔵はつぶやいた。

声を低めていても分かる、興味津々のつぶやきであった。

傍らの若様も、灯火が照らす先の壁に掛けられた絵に見入る。

それは中世以降に描かれた、優美にして写実的な聖母子像だった。

聖母マリアは後光の差す神々《こうごう》しさと少女の面影を未だ留める可憐《かれん》さを、自然に兼ね備えている。その胸に抱かれたキリストは、幼子らしからぬ風格を漂わせながらも丸顔でむっちりした体つき。肉付きの良い、ぷくぷくした手首と足首も愛くるしい。

キリストに寄り添う凛々《りり》しい少年は、誕生を祝福した洗礼者ヨハネ。聖母子と同じ絵の中では子ども、あるいは神の子羊として描かれることも多いという。

「まるで生きてるみてぇだな。大《てぇ》した筆遣いだぜ」

十蔵も聖母子像の現物を目の当《ま》たりにしたのは初めてだが、亡き師匠の平賀源内に連れて行かれた長崎で話は聞いた。

しかし、見ると聞くとは大違い。

まさに百聞は一見に如《し》かずであった。

「剣呑《けんのん》が聞いて呆れるぜ。実に見事なもんじゃねぇか……」

龕灯《がんどう》の光の下でつぶやく十蔵の顔に、嫌悪の念は見出せない。

持参した龕灯は、優れものの提灯だ。

薄い鉄板を釣鐘形にした風除《よ》けは光を分散させず、一点に集中させる。

風除けの中の蠟燭立ては常に前を向く仕掛けで、傾けても台が回転して元に戻る。

普通の提灯のようにぶら提げるのではなく、風除けの後ろに取り付けられた握りを摑んで支える構造のため、風で揺れたり、火が消える恐れもない。

町奉行所に欠かせぬ備えである龕灯の扱いは、もとより十蔵も手慣れているはず。

それなのに、絵を照らす光が乱れていた。

一点に集中させるべき方向が定まらず、前後左右に逸《そ》れている。

聖母子の顔が一瞬見えたかと思えば、また消える。

十蔵が絵に見入ってしまい、龕灯を支える手元が疎《おろそ》かになっていたのだ。

逸れた光に姫君が気付いて目を覚まし、騒がれては万事休すだ。

しかも姫君には京の都から供をしてきた侍女が付き添い、共に座敷牢に入った上で身の回りの世話をしているという。

若様はすかさず右手を伸ばした。

十蔵の左の手首を支えながら目を凝《こ》らし、龕灯の位置が定まるように導いていく。

子どものような扱いをされても、十蔵は怒らなかった。

「すまねぇな若様、つい夢中になり過ぎちまった」

「無理もございますまい。私も眺め入っておりました」

恥じてつぶやく十蔵に、若様は微笑み交じりに告げる。

焦点が定まった光に照らされ、聖母子像が再び闇の中に浮かび上がる。

たちまち見入る二人をよそに、座敷牢は静まり返っていた。

聞こえてくるのは、未だ止まない寝息のみ。

姫君はもとより、布団を並べて添い寝をしているであろう侍女も、逸れた光で目を覚ますに至らなかったのは幸いだった。

「さてさて、これだけ拝めば十分だろうぜ。若様、引き揚げるとしようかい」

「はい」

十蔵は若様と頷き合い、座敷牢に背を向けた。

三

屋敷の中庭に出た十蔵と若様の姿を、黒装束の一団が目にしていた。二人から見て取れない位置、それも風下に身を潜め、立ち去るのを待っていたのだ。

鉄砲洲稲荷の境内で由蔵を襲い、若様に撃退された相良忍群である。

その時は三人だったが、今は数が増えている。

無言で居並ぶ黒装束の一人が、耐えかねた様子で口を開いた。

「姫様、行かせてしもうてよかですか？」

肥後のお国言葉で告げる声は老人のもの。

「じい、構わんと言うたはずたい」

凜とした響きで返す答えは、若々しくも高い声だった。

紛れもなく、若い女の声である。

江戸詰めの相良忍群を率いる、この女人の名は柚香《ゆずか》。

相良忍群の主家にして肥後人吉《ひとよし》藩主である、相良家の姫君だ。

肥後国の南に広がる、柑橘《かんきつ》の栽培に適した地で生まれ育った柚香は当年二十四。

現藩主の頼徳《よりのり》の娘で江戸に居る世子《せいし》の頼重《よりしげ》は腹違いの弟だが、その名前は相良家の系図に載っていない。

「出羽守から将軍に話が伝われば、御上《おかみ》のお立場が危うくなりますばい」

じいと呼ばれた男が柚香に向かって訴える。御上とは将軍に限らず、武士が仕える主君に対して用いる敬称だ。

「御世子の頼重様は畏れながら姫様の弟君。お大事ではなかですと?」

しわがれ声を絞り出し、柚香を諫める老人は田代新兵衛《たしろしんべえ》。

相良家の重臣である田代家の生まれだが、やはり存在を公にされていない。

無言で成り行きを見守る黒装束の面々も、相良家に代々仕える人吉藩士の子でありながら出生の届けがされぬまま、齢を重ねた身だった。

「じい、愚問《ぐもん》ば言うもんではなか。弟を可愛いと思わん姉がどこに居《お》ると」

苦言を呈した新兵衛に、柚香は凛々しい声で告げた。

「されば何故、町奉行の手の者どもを」

「見逃したのは思案があってのことと言うたはずばい」

「その姫様ばお考えが、じいには分かりかねるとです」

「うちの守役《もりやく》だったのに分からんと？」

「寄る年波には勝てんとです」

「しっかりせんといかんばい。耄碌《もうろく》するにはまだ早か……」

呆《あき》れた声で告げながら、柚香は覆面を取り去った。

曇天の夜空の下、露《あら》わになったのは声と同じく凛々しい顔立ち。覆面から覗かせていた吊り気味の目に、高い鼻が合っている。目鼻だけ見れば冷淡そうだが口は大きめで唇が厚く、情の深さを滲ませていた。

「あの二人が鞠子姫に手ば出そうとしよったら、うちも相討ち覚悟で向かっていったとよ。お行儀よう絵を拝んだだけで帰ってくれて幸いだったばい」

「牢格子ば破れんで、諦めただけではなかですと？」

「そんな手間は無用ばい。じいも知ってのとおり、あの座敷牢は破らずとも入り込むことが出来《でく》っと」

「それは、姫様のお腕前だから出来っことですたい」

「あの若様と呼ばれとった坊主頭は、うちと互角《ごかく》の腕前たい。年寄りのほうも侮り難か手練とよ」

「坊主はともかく、年寄りはそこまで出来っとは思えんですばい」

「剣の腕前のことは言っとらんと。あの年寄りが抜きん出とっとは探索の手際ばい」

「されば、あやつは我らが目を光らせとったことにも……」

「網を張られとるんに気付いた上で、素知らぬ振りをしとったに相違なか」

驚く新兵衛に、柚香は続けて説き聞かせた。

「その気になれば座敷牢に入り込み、絵ば持ち出すことも出来っとに何もせんと引き揚げたんは、思案あってのことに相違なか。お手並みば拝見すっとしようたい」

柚香の言葉は新兵衛のみならず、居並ぶ一同に対して告げたもの。

一人として異を唱えず、黙って頭を下げている。

有無を言わせぬ威厳《いげん》を柚香は備えているのだ。

存在を公にされておらずとも柚香は現藩主の娘にして、世子の姉。

だが、それだけで大の男が臣従するはずもない。

柚香は亡き母の後を継ぎ、人吉藩の影の力である相良忍群を束ねることを生まれた時から義務付けられていた。

相良家は隣国の薩摩《さつま》七十七万石を治める島津家《しまづけ》と同じく鎌倉幕府の御家人だが源頼朝の御落胤《ごらくいん》の家系とも言われる島津家と異なり、平家滅亡まで源氏と敵対した一族だった。征夷大将軍となった頼朝に仕えたものの遠い九州へ追いやられ、新たな所領とされた肥後国の球磨郡《くまごおり》を拠点に再起した。

共に九州に土着《どちゃく》して一国の大名となるに至った相良家と島津家だが、加賀百万石に次ぐ石高に加えて琉球《りゅうきゅう》を実質的に支配している薩摩藩に対し、相良家が治める人吉藩は二万石ばかりの小藩だ。
にも拘わらず戦国の乱世《らんせい》を生き延び、徳川の天下となっても取り潰されることなく続いてきたのは相良忍群という、影の力に支えられていたが故のこと。

かつて幕府の隠密御用を務めた服部家《はっとりけ》も、八代将軍の吉宗が組織させた御庭番衆も時代を経て弱体化したが、相良忍群は古の強さを受け継いでいる。幕命により江戸で御庭番衆の監視役、天草で抜け荷の摘発《てきはつ》という難事を全うできるのも後継者の育成を重んじてきたが故だった。

相良忍群は人吉藩の御流儀である、タイ捨流剣術を母体とする。
開祖の丸目《まるめ》蔵人佐《くらんどのすけ》長恵《ながよし》は相良家代々の忠臣であった。豊臣秀吉《とよとみひでよし》が天下統一を果たす以前の九州で生き残るべく奮戦していた主家のため、京の都で新陰流《しんかげりゅう》開祖の上泉《かみいずみ》伊勢守《いせのかみ》信綱《のぶつな》に入門した。

信綱も元は武将だったが不殺《ふさつ》を重んじ、活人剣《かつじんけん》を唱《とな》えたことで知られる人物だ。長恵は兄弟子の柳生石舟斎宗厳《やぎゅうせきしゅうさいむねよし》が伝授された無刀取《むとうど》りを授かれず、師の信綱に認められたのは殺人刀《せつにんとう》と呼ばれた技のみだが、仕える家を護るために武芸を学んだ身には十分だったと言えよう。

肥後に帰った長恵は自らの流派としてタイ捨流を創始し、相良家中の士を指導するのみならず明国《みんこく》の僧だった伝林坊頼慶《でんりんぼうらいけい》を門下に迎え、拳法と剣術を融合《ゆうごう》。他の流派に増して体術の要素が色濃い技を編み出し、体系化した。

そしてタイ捨流は戦国乱世が終焉《しゅうえん》し、徳川の天下となっても相良家の御流儀として受け継がれた。

タイ捨流を代々重んじた相良家の当主が一門で技に秀でた女人に子を産ませ、主家の血を引く者を江戸詰めの頭領とした目的は統率の強化を図ると共に、将軍家御抱えの御庭番衆の男たちが立ち入れない大奥にまで目を配り、相良家とタイ捨流が有用であると知らしめること。

しかし家斉が十一代将軍となって以来、この目論見《もくろみ》は功《こう》を奏《そう》していない。

大奥の女たちに家斉はとことん甘く、厳しくしようとは考えてもいなかった。

傍から見れば浪費としか思えぬ贅沢を許し、江戸城の御金蔵が乏しくなれば貨幣の改鋳《かいちゅう》で乗り切って、また同じことを繰り返す。

頭領の柚香と守役あがりの新兵衛、そして配下の面々は、家斉と大奥の日常を知るほどに辟易《へきえき》し、国許に帰りたい気持ちを募《つの》らせていた。

そこに来て、御側御用取次の権勢にかこつけて日頃から御庭番衆を勝手に使役している忠英の酔狂が発端の、思わぬ不祥事が出来《しゅったい》したのだ。

相良忍群がこの一件に関わったのは、忠英の意向ではない。

発覚すれば一大事と案じた柚香が新兵衛と諮《はか》り、進んで乗り出したのだ。

屋敷内に用意させた一室に戻った柚香に、新兵衛が意を決した様子で呼びかけた。

「よかですと、姫様」

「何ばしたと、じい」

「今年で姫様も二十四。そろそろ婿取りばなさらんといかんですばい」

「………」

「あの若様なら、よかですたい」

「何を馬鹿なことを言いよっと」

「亡き妻《さい》と共に姫様をご幼少のみぎりよりお育て申し上げた、じいの目に狂いはなかとです」

「あれは敵ばい。渡り合うたのに分からんと、じい？」

「なればこそ分かっとです。あの腕前と人品《じんぴん》なら姫様ばお相手に不足なく、我が相良忍群の一同も異存はなかですたい」

「か、勝手なことば言うでなか！」

柚香は新兵衛に背を向け、足早に廊下へ出た。

常夜灯の光が淡く、耳まで赤くなった顔を照らしていた。

四

「八森さん、異国の女の人と子どもは、げにうつくしきものだったですね」

塀を越えて外へ抜け出すなり、若様が微笑みながら告げてきた。

「さて、本物はどうだか分からんぜ」

「見たことがあるのですか？」

「実を言や初めてさね。出島の商館は男ばっかりだったからなぁ」

丸山遊郭ではカピタンが遊女に産ませた女の子がまた遊女となり、男の子は下働きとして飼い殺しにされているはずだ、とは口に出せない。

十蔵が見たところ、若様は男女のことを全く知らないようだ。

記憶を失う以前から、清い体のままなのだろう。

ならば、余計なことなど耳に入れぬほうがいい。

壮平の過去にも関わることだけに、蒸し返したくはなかった。

「それにしても、可愛い絵でした」

十蔵の胸の内を知ってか知らずか、若様が無邪気につぶやいた。

「いみじゅう白く肥えたる児《ちご》の二つばかりなる……の如しでしたね」

「ああ、清少納言《せいしょうなごん》かい」

若様が口にしたのは『枕草子《まくらのそうし》』第百五十一段「うつくしきもの」の一節だ。

「お前さん、経文《きょうもん》しか知らなかったんじゃねぇのかい？」

「江戸に参ってから接したのです。お陽さんが貸してくれました」

「あのおてんばにも、雅《みやび》なとこがあるんだな」

「はい。子どもの書き方が、とても好きだと」

「清少納言は宮仕え一筋で子どもを持たなかったそうだぜ。それで余計に目が肥えたんじゃねぇのかい」

「そういうものなのですか」

「そういうもんだよ。親は我が子にゃ贔屓目になりがちだが、人様の子を手放しに誉めやしねぇ。だから清少納言が書きなすったのは、ほんとに可愛いと思った子どものことなんだろうな」

いつになく真面目に語った後、十蔵は若様に向かって告げた。

「ところで若様、一つ頼まれちゃくれねぇか」

「何とされましたか、八森さん」

「十蔵でいいよ」

「分かりました。して十蔵さん、私は何をいたせばよろしいのですか」

「お奉行方に言伝《ことづて》を頼みてぇ」

「お安いご用ですが、何故に」

「俺ぁ出羽守の屋敷に取って返して夜明けから日暮れまで、座敷牢のお姫様のしなさることを見届けなきゃならねぇからさ」

「本気ですか？」

「こいつぁ、どうあっても手前の目で確かめなきゃならねぇことなんだよ」

「梅雨寒はお体に障ります。私が代わりましょう」

「その気持ちだけで十分さね」

「ご無理はいけませんよ」

「ここは年寄りの好きにさせてくんな」

二の句を継がせまいとした十蔵は、一気に若様に向かって告げた。

「謎ってのはネタが揃わねぇと解けないもんだが、そのネタを揃えるのも俺ぁできるだけ独りでやりてぇんだ。そりゃ遠国《おんごく》で起こった事件なら人づてに聞いたことだけで判じるしかねぇけどよ。このお江戸で起きたことなら足を運べばいいだけさ」

「では、まことに千代田の御城にも？」

若様が思わぬことを訊いてきた。

飛躍した話をされても、十蔵は動じない。

「必要なら忍び込むさね。山里暮らしで鍛えた体に先代から仕込まれた手管《てくだ》があるんでな、それほど難しいことじゃねぇよ」

「分かりましたよ。十蔵さん」

若様が笑顔で頷いた。

「言伝は間違いなくお伝えします。されば、ご免」

五

若様を見送った十蔵は、八丁堀の組屋敷に向かった。

上がり込むなり向かったのは、江漢に貸している十畳間。

手前の八畳間は外泊のできない由蔵の書斎と書庫を兼ねた部屋なので、夜の間は誰も居ない。あれから門左衛門が駕籠に乗せ、埼玉屋まで送ってくれたので案ずるには及ぶまい。

無人の八畳間を横切った十蔵は、襖を開けるなり声を上げた。

「おい駱駝、とっとと起きな」

「うーん……」

敷き伸べられた布団の中から、寝ぼけた声が聞こえる。

親しき仲にも礼儀ありだが、今は寸暇《すんか》が惜しまれる時だった。

「頼むから起きてくれ。急き前の用があるんだよ」

「何としたのだ、騒々しい……」

「お前さんでなけりゃできねぇこった。さぁ、まず顔を洗ってきな」

不機嫌そうに眠い目を擦るのを宥めすかし、十蔵は土間へ連れていく。甕《かめ》の水を柄杓で掬い、盥に注いで差し出す。顔を洗わせている間に、十蔵は江漢の布団を片付けた。土間に取って返してみると、壮平が立っていた。江漢は壮平から受け取ったらしい手ぬぐいを拡げ、長い顔を拭いている。

「どうした壮さん、眠れねぇのか」

「眠れるものではあるまいぞ。どうであったのだ」

「若様と二人して拝んできたよ。当たりだったぜ」

「さすれば、その姫君は」

「そこから先の見立ては、姫様の一日をじっくり見させてもらってからのことさね」

「ならば何故に、戻って参ったのだ」

「駱駝に頼みがあってな」

「江漢殿に？」

「こいつでなけりゃできねぇ仕事なんだよ」

「私に手伝えることはないだろうか」

「かっちけねぇ。それじゃ駱駝の目覚ましに、濃い茶を淹《い》れてやってくんねぇ」

「心得《こころえ》た。おぬしの分も用意しよう」

「ああ、俺はいらねぇよ」

「水臭いぞ。今さら遠慮をし合う仲ではあるまい」

「そうじゃねぇんだ。まだ夜は冷えるんで、小便の素《もと》になっちまうもんはできるだけ控えてぇのさ」

「心得た。されば一服、とびきり濃いのを進ぜよう」

壮平は十蔵に微笑み返し、十畳間に入っていった。

火鉢の五徳に置かれた鉄瓶《てつびん》を取り、水を汲みに土間へ戻るのと入れ替わりに江漢が部屋に戻った。

「いいかい、俺の言うとおりにしてくんな」

十蔵は江漢の横に座り、膝の前に画仙紙《がせんし》を拡げる。

自身の膝前にも一枚拡げ、筆まで取ってのことだった。

南北の町奉行は鎮衛の私室で二人して、報告が入るのを待っていた。

「ふっ、八森らしい言い種《ぐさ》だの」

若様の話を聞き終えて、微笑んだのは鎮衛だ。

「肥前守殿、あやつは何をするつもりなのだ？」

正道は己が配下ながら、十蔵の真意を測りかねている様子。

「あやつには何事も好きにさせるが肝要なのじゃ。さすれば勝手に埒を明けてくれる故な」

「それは承知のつもりでござったが……」

「果報《かほう》は寝て待てじゃ。今宵のところはお開きといたそうぞ」

不安を否めぬ面持ちの正道に笑顔で告げると、鎮衛は若様に向き直る。

「おぬし、八森と共に参りて何と思うたかの」

「豪胆《ごうたん》にして、稚気《ちき》もお有りの方にございまするな」

「稚気か。ははは、三つ子の魂百まで、じゃのう」

「お若い頃より、あのような方だったのですか」

「左様。子どもと言うより、野生児であった」

「野生児……野に生くる児《ちご》、ですか」

「その児に物事の理《ことわり》を考えることを教えたのが、平賀源内という奇人ぞ」

「奇なる人と野に生くる児が、師と弟子の交わりを」

「珍妙なる取り合わせなれど、馬は合《お》うておったようじゃぞ」

「その源内なる方は、大した先生にございまするね」

懐かしむような鎮衛の言葉に、若様は微笑みで応じる。

鎮衛の隣に座った正道も、黙って耳を傾けていた。

六

一夜が明けた江戸城中。

登城した忠英の様子は、いつもと変わらぬものだった。

その顔に動揺を露わにさせたのは、南北二人の町奉行。

「出羽守様、ご免」

「ご無礼つかまつる」

「お、おぬしたちか！」

御側衆詰所でぐったりしていたところに訪《おとな》いを入れられるや、忠英は血相を変えて向き直った。

驚くのも無理はない。

町奉行は格上の者に同伴されなくては、中奥に立ち入ることを許されない。

故に忠英は表の芙蓉の間まで迎えに足を運び、格の違いを見せつけて悦《えつ》に入るのが常であった。

しかし、町奉行より格上なのは御側御用取次だけではない。

「我ら両名、伊豆守様にお供つかまつりて参り申した」

「小知恵伊豆だと？」

「ただいま上様に御目通りをなさっておられ申す」

正道の淡々とした口上に、忠英は言い返せない。

老中首座の松平伊豆守信明は三代将軍の家光《いえみつ》の下で辣腕を振るい、諸大名に「知恵伊豆」と恐れられた松平伊豆守信綱の子孫である。

先祖にちなんだ異名には敬意のみならず軽んじた響きもあり、忠英が口にするのは小馬鹿にしたい時だったが、今は毒舌も精彩《せいさい》を欠いていた。

そこにまず乗じたのが鎮衛だ。

「出羽守殿、何やらお困りのようですな」

「おぬし、何が言いたい？」

「お顔の色が優れませぬ故、ご心配申し上げてのことにございまする」

「要らぬ世話を焼くには及ばぬ。それより用向きを早う申せ」

鎮衛は一礼し、正道に後を任せた。

二人きりになれる本丸玄関の下部屋で密かに打ち合わせた、段取りに沿ってのことである。

「卒爾《そつじ》なれど、出羽守様がお悩みの種をお教えくだされ」

「何じゃおぬし、藪から棒に」

「無礼を承知なればこそ、卒爾と前置きをさせていただきました」

「勘繰られるようなことなど何もないわ。肥前守ともども早々に立ち去れい」

声を荒らげられても動じずに、正道は膝を進めた。

恰幅《かっぷく》の良い体軀で詰め寄れば、自ずと退かざるを得なくされる。

「まことにございまするか?」

「近いわ、下《さが》りおれっ」

「さぁ、何なりと」

無遠慮に詰め寄る正道に、忠英は動揺を隠せない。

体調を崩したと家斉に申し出て早退をするに至ったのは、二人の町奉行が辞去したすぐ後のことだった。

七

日が沈むのを待っていたかのように、十蔵は南町奉行所に現れた。

八丁堀の組屋敷へ先に戻って着替えと食事を済ませ、江漢に頼んでおいた品を持参してのことだった。

先触れに走った壮平は、正道と共に鎮衛の私室に控えていた。

「無事であったか、八森。して、それは何じゃ」

「出羽守の悩みの種を取り除く、御札みてぇな代物《しろもの》ですよ」

「ほお、御札か」

「そうは言いながらも、可愛らしいもんなんでございやすがね」

興味深げな鎮衛に、十蔵は含み笑いで応じる。

一同が連れ立って呉服橋へ向かったのは十蔵が持参の包みを開き、披露したものを見極めた後のこと。

先頭に立ったのは正道である。

十蔵と壮平を左右に従え、夕闇の中を進みゆく。

後に続くは鎮衛と若様だ。

深編笠で顔を隠した北町の二人に倣い、若様が坊主頭に被ったのは網代笠。

鎮衛の左脇に付き添い、不測の事態に備えることも怠らずにいた。


またしても前触れなしの訪問だった。

「何っ、永田備後守が参っておるだと？」

「ははっ。根岸肥前守様もご一緒にございまする」

駆け付けた用人の注進を、忠英は寝間着姿で耳にした。

仮病のつもりが本当に頭痛が生じ、今しがたまで床に臥《ふ》せっていたのだ。

だが、もはや寝ているどころではない。

「あやつら、屋敷にまで押しかけおったのか……」

白衣のままで仁王立ちし、忠英は悔しげに歯嚙みする。

苛立たしい限りだが、追い帰せば江戸城中でまた仕掛けてくるだろう。

ならば腹を括って相対し、どこまで知られているのかを探るべきだ。

忠英が着替えを済ませて早々、南北の町奉行は奥まで足を運んできた。

鞠子姫の座敷牢は更に奥向きに設けられているため、見られる恐れはない。

「夜分にご無礼つかまつる」

「まことに無礼ぞ、備後守」

憮然と応じた忠英に、正道は厳かに申し出た。

「今宵はお届け物があって参上つかまつった。お納めくだされ」

「届け物とな?」

かつて正道が町奉行職を望み、金品を持参したのは一度や二度ではない。

しかし就任後は忠英が無心をするばかりで、自ら持ってくることは絶えていた。

それが急に何事か。

鎮衛が一緒となれば、尚のこと不可解である。

おまけに正道は、配下の隠密廻同心まで同行させている。

八森十蔵と和田壮平。

機巧細工師殺しの一件で、忠英の面目を潰した張本人だ。

一方、鎮衛は供の者を誰も連れていなかった。

「出羽守殿、身共から一つ申し添えてもよろしいですかな」

「何じゃ、申してみよ」

おもむろに告げてきた鎮衛を、忠英は戸惑いながらも促した。

「されば、鞠子姫様にお目にかからせてくだされ」

「何……」

「それなるは貴公ではなく、姫様に差し上げたきものなのでな」

「うぬっ、何が狙いじゃ！」

「狙いとは人聞きの悪い……我らはただ、貴公が咎めを受けられるのを防ぎに参っただけじゃ。他意はない故、姫様を呼んでもらおうかの。御城中に非ざれば、しきたりに縛られずとも構うまいぞ」

鎮衛の貫禄に押し切られ、忠英は鞠子姫を座敷牢から連れ出した。

住めば都と意地を張るのを宥めすかし、聖母子の絵を持って来させてのことである。

「そのほうら、わらわを何と心得おるか」

居並ぶ大人たちを向こうに回しても、姫は変わらず気丈であった。

「ご無礼をいたしやす。お姫様」

口火を切ったのは十蔵だった。

「そちらの絵を、こちらと取っ換えっこさせていただきてぇんで」

「取っ換えっこ、となァ？」

「まずはご覧くだせぇまし。きっとお気に召しやすよ」

鞠子姫が怒り出すより早く、十蔵は持参の包みを開いた。

「これは……」

たちまち鞠子姫は釘付けになった。

十蔵が披露した絵の登場人物は、マリアとキリスト、ヨハネの三人。

まさに人以外の何物でもない。

神の証しである聖母子の円い後光が、そこには描かれていなかったからだ。

「ご覧のとおり、姫様が座敷牢に飾っていなさる絵を描き直したもんでございやす」

「寸分違《たが》わぬではないか！　一体、誰の筆なのじゃ？　お抱えにいたす故、教えよ」

十蔵の説明に、姫は興味津々で問いかける。

「そいつぁご勘弁くだせぇまし。あっしの存じ寄りの、昔取った杵柄でさ」

「そこを何とかいたさぬか。そのほうにも褒美を取らせるぞっ」

「ご容赦《ようしゃ》くだせぇ。これっきりってことで引き受けさせたもんでござんしてね」

なおも食い下がらんとするのに応じず、十蔵は深々と頭を下げた。

気を取り直した姫は改めて、十蔵が持参の絵に見入る。

「凄い……可愛さが、全く損なわれておらぬぞ……」

陶然《とうぜん》とする様を横目に十蔵は膝を進め、忠英に詰め寄った。

「これで大事《そこ》はございやせんよ、出羽守様」

「おぬし、何をしたのだ」

戸惑う顔を真面目に見返し、続けて説き聞かせる。

いつになく真摯《しんし》な十蔵の眼差しは忠英が胸に抱く、聖母子の絵に向けられていた。

「神様を人に描き直しちまうなんざ、たとえ御禁制だろうと無礼千万なことでござんしょうが、あっしの見立てが正しいかどうかを確かめるには、この手しかありやせんでした。何しろ姫様は朝っぱらから、可愛い可愛いって見入るばかりでしたんでね」

「されば、姫は……」

「描き直したのと引き換えになすっても構わねぇって仰せになったのが、キリシタンじゃねぇって証《あか》しになりやす。十中八九、こうなると見込んでおりやした」

「配下が無作法、しかとお詫び申し上ぐる」

十蔵を退かせ、正道が前に出た。

慇懃《いんぎん》に頭を下げざま、ずいと膝を進める。

肥満した体にそぐわぬ機敏な動きで間合いを詰め、手を掛けたのは聖母子の絵。

「ご無礼ついでに拝借《はいしゃく》つかまつる」

「ま、待てっ」

「姫様がご機嫌を損ねてもよろしゅうござるのか？」

「ううっ……」

泣き所を衝かれた忠英が怯《ひる》んだ機を逃さず、正道は額縁のまま取り上げた。

「身共が謹んでお預かりいたす故、ご安堵なされよ」

「備後守、おぬし正気かっ」

忠英は慌てて問いかけた。

御禁制のキリシタンの証しと決めつけられる絵を将軍家御直参の旗本、しかも現職の北町奉行が所持しようとは、正気の沙汰ではない。

そう言おうとした瞬間、正道は毅然と告げてきた。

「露見いたさば無事で済まぬは承知の上……されど、その時は貴公に道連れになっていただき申す。左様にお心得置きくだされ」

「うぬっ……」

「向後はお互い分をわきまえ、自重いたしましょうぞ」

二の句が継げぬ忠英に、正道は覚悟も堅く言い渡した。

八

「それじゃ、ご無礼つかまつりやす」

「ご免」

十蔵と壮平は門番に会釈をすると、潜り戸から屋敷の表に出た。

二人が殿《しんがり》を引き受けたのは、追っ手をかけられた時に備えてのこと。

先に表へ出た鎮衛と正道は、門前にて待機していた若様が護っている。聖母子の絵はそれと分からぬように包み直した上で、しかと正道が胸に抱いていた。

北町奉行所は、忠英の屋敷と同じ呉服橋の御門内。

目と鼻の先であろうとも、油断は禁物。

「お出でなすったぜ」

表門の前から離れて早々、乱れた足音が迫り来た。

忠英が差し向けた討手《うって》ではない。

公家の老婆と、水干《すいかん》を纏った男が二人。鞠子姫のお付きの侍女と家来だ。

「罰当たりの下種《げす》どもが、よくも邪魔しよったな！」

金切り声を上げる侍女に、座敷牢で姫に付き添っていた時の落ち着き払った態度は一片たりとも見出せない。悪鬼《あっき》じみた形相で小太刀を振りかざし、太刀を手にした男たちと共に襲いかからんとしていた。

「壮さん？」

「任せよ」

迎え撃とうとした十蔵を押しのけて、独り進み出たのは壮平だった。

侍女を見返し、一言返す。

「罰当たりはおぬしらぞ。何もご存じなき鞠子姫にあれをお見せいたさば、げにうつくしき絵としか思われまい……御禁制と申せど神を冒瀆《ぼうとく》せし上に、姫様の無垢《むく》なお心まで利用するとは、度し難きことぞ」

「やかましいわ。せっかくの儲け口をふいにしよって！」

「儲け口だと？」

「出羽守んとこに御禁制の絵がある言うて訴え出たら、三千両くれはるって話がもう付いとったんやで。朝駆けで目付んとこに投げ文するつもりやったのに、どないしてくれるんや！」

「黙りおれ。うぬらこそ下種の極《きわ》みぞ」

「下種やて？」

「東　夷《あずまえびす》が生意気なっ」

二人の男は太刀を振りかぶり、血走った眼で壮平を睨み据えた。

しかし、壮平は全く動じない。

「下種で足りねば、外道《げどう》でよかろう」

先んじて歩みを進め、間合いをずんずん詰めていく。

斬って来いと言わんばかりの態度であった。

「おい外道ども、うぬらにとっては金儲けの道具やもしれぬが、あの絵を拝むことで救われる者も居るのだ。異教と申せど、神であることに変わりはない」

「何や、伴天連の説教の真似かいな」

「はんなりした顔しくさって、異人には見えようへんぞ」

煽《あお》るが如く嘲《あざけ》る声に、壮平は静かに応じた。

「その神を穢《けが》せしこと、許さぬ」

告げると同時に、左腰に帯びた刀の鯉口《こいぐち》が切れた。

体の捌きで抜き打つ一刀が、太刀を振りかぶったままの男の胴を抜く。

いま一人が慌てて斬り下ろすのを、壮平が速やかに頭上に取った刀が受け流す。

受け流した反動で回転した刀身が、壮平の右肩の上でぴたりと止まる。

勢い込んだ斬り下ろしをいなされて、相手はつんのめっていた。

転ぶまいと踏ん張って、顔を上げた時はもう遅い。

右手だけで繰り出す斬撃《ざんげき》が肩口から脇腹まで、刃筋を通して斬り下げていた。

二人の男が崩れ落ちるのを見届け、壮平は侍女へと向き直った。

「ひ！」

侍女が恐怖の叫びを上げた。

仲間の男たちを瞬く間に斬り伏せられ、逃げ出そうにも足がすくんで動けない。

壮平は血に濡れた切っ先を向け、無言で侍女に迫っていく。

ひと突きに仕留めんとした寸前、若様が割り込んだ。

「お止《や》めなさい、和田さんっ」

「邪魔立ていたすな」

「この者に、もはや刃向かう力はありません」

視線で壮平を制したまま、若様は左手を走らせた。

裏拳《うらけん》で鼻面を打たれた侍女が仰け反ったのを、捕らえたのは柚香。

いつの間に駆け付けたのか、新兵衛以下の面々も揃っている。

「連れて行き」

柚香が一声命じるや、相良忍群から若い二人が出てきて侍女を拘束する。

息絶えた二人の男も運ばれていき、転がったままの太刀も持ち去られた。

跡形もなくなったのを見届けて、柚香は言った。

「後は任せるばい。出羽守の後釜ば狙うた痴《し》れ者の名前を吐かせたら、いんふぇるのいうとこに送ったると」

「おぬし、エゲレス語が分かるのか」

「天草詰めで抜け荷ば取り締まっとっと、異国の連中とやり合うことも多かとよ」

壮平に問われて素っ気なく答えると、柚香は若様に歩み寄る。

「ぬしゃ、ほんまの名前は何ば言いよっと？」

「分かりません。来し方を覚えておらぬのです」

「なら、若様でよかばい」

詰め寄られて戸惑う若様と向き合うや、柚香は言い放った。

「若様、ぬしをうちの婿にすっと」

「婿、ですか？」

「支度が調うたら迎えに行くたい。その頭、もう髪ば剃らんと伸ばしとき」

虚《きょ》を衝《つ》かれた若様を取り残し、柚香は踵を返す。
耳まで真っ赤に染まっているのが、夜目にも分かる。
「肥後のおなごとは、げに大胆なものだの」
鎮衛のつぶやきに、正道は無言で頷いた。
天下の御側御用取次を黙らせる上で、相良忍群とは良好な関係を結びたい。
しかし若様を預かる南町奉行の領分である以上、余計な口出しは禁物だった。

美男絵ばやり

一

　これは御側御用取次と南北二人の町奉行、双方の生き残りを懸けた対決がひとまず幕引きとなった直後の話である。


「変わったな……」

「別人の如《ごと》し、ってやつだな」

「あの守銭奴《しゅせんど》が一体《いってぇ》どうしちまったんだい……？」

　このところ北町奉行所の同心たちは番方と役方の別なく、一番組から五番組に至るまで、一つの話題でもちきりだった。

話の種は、永田備後守正道。

卯月の末に着任した当初から御役目に取り組む意欲を全く見せず、御用達の商人に招かれて宴席に足を運ぶばかりであった新任の北町奉行がどうしたことか、急に御用熱心になったのだ。

変えたのは隠密廻の八森十蔵と和田壮平に違いない。

二人の人となりを知る同心、とりわけ廻方の仲間たちは左様に判じた。

贔屓目ではなく、しかるべき根拠があってのことだ。

隠密廻は他の同心と違って町奉行から直々に御用を命じられ、上役の与力を介《かい》さずに意見を申し述べることまで許されている。

しかし、これまで正道は全てを配下に任せきりにして憚らずにいた怠け者。十蔵と壮平にもほとんど指示を与えず、後から首尾を報告させるだけだったらしい。

熟練した二人ならば、もとより間違いはあり得まい。

正道も十蔵と壮平を早々に信頼し、好きにさせていたのだろうと廻方の一同は解釈していたが他の諸役、とりわけ奉行の怠慢《たいまん》で御縄にした咎人《とがにん》への尋問が滞《とどこお》る、吟味《ぎんみ》方《かた》与力の面々は不満を募らせていた。

そうなると与力の下で働く同心たちも、とばっちりを避けられない。

まさに悪循環である。

その元凶だった正道が変わったのだ。

未だ梅雨は明けるに至らず、ただでさえ気が滅入るというのに先頃まで険悪な雰囲気が漂うばかりの北町奉行所だったが、いまや清々《すがすが》しささえ感じられた。

二

廻方の同心部屋は、今日も朝からにぎやかだった。

「評定所で聞いてきたんだが、お奉行が性根を改めなすったのは間違いねぇや。南のお奉行との仲も上手くいってるらしいや」

「これも八森さんと和田さんのおかげだなぁ」

「さすが八森さん、俺たちじゃ手も足も出せねぇことを、さらりとやってのけなさるたぁ大したもんだぜ」

「何事も和田さんの内助の功があってのことだよ。八森さんはお若い頃から、あの人にだけは弱かったんだ」

そんなことを言い出したのは、若い定廻たちの話を受けた臨時廻の古株だ。

「あの物静かな和田さんが、八森の爺様の首根っこを押さえてなさるって？」

「ほんとですかい、そいつぁ」

「八森さんとは一つしか違わないとは言ってもは年下だろ？　よくやるなぁ」

「強面なのは八森さんだが、貫禄《かんろく》は和田さんが上だろうぜ。八森さんが大店のあるじなんぞになりすますと、荒くれの水主《かこ》か人足上がりにしか見えねぇしな」

「同じ爺様でも、ああも違うもんかねぇ」

　語り合う定廻と臨時廻の面々の熱気をよそに、隠密廻の二人は今日も朝から正道の私室に呼ばれている。登城前に十蔵と壮平の両名と膝を交え、定例となった朝の打ち合わせに入ったところであった。

「お早うございやす、お奉行」

「ご無礼つかまつり申す」

　十蔵は正道に対して陽気に、壮平は慇懃に、それぞれ朝の挨拶を済ませた。

「おぬしらこそ大儀であるな」

　朝一番で集まった二人の労をねぎらう正道は、登城用の装いに着替えた後、白髪の目立ち始めた髷をきちんと結って白帷子に肩衣を重ね、半袴を穿いている。町奉行の装束の長袴は裾捌きが難しいため、登城して下部屋に入ってから穿き替えるのだ。

「八森、大川で不審な水死体が見つかったそうだが」

「へい、また相対死《あいたいじに》でございやした」

「……三度目の正直、か」

「面目次第もありやせん。もうちっと広く網を張らせておかなかった俺たちの落ち度でございやす」

恥じた面持ちの十蔵と共に、壮平も無言で頭を下げた。

「面を上げよ。おぬしたちとて手をこまねいておったわけではあるまい」

話の続きを促す正道に、以前のやる気のなさは感じられない。

同心たちの噂に違わず、目に見えて熱意が湧いてきているのが分かる。

事件の現場で働く面々も、闘志が増すというものだ。

「恐れ入りやす。とにかくお奉行、こいつぁ根の深え《ふけ》話ですぜ」

十蔵は確信を込めて正道に告げた。

このところ、大川で男女の溺死体が相次いで発見されている。

いずれも互いの手首に扱帯《しごきおび》を結んで繋ぎ、袂に大きめの石を詰め、身投げしたら二度と浮かび上がるまいと心を砕いた成れの果てであった。

実際に起きた心中沙汰が人形浄瑠璃、そして歌舞伎に取り上げられ、人気を集めた影響を憂慮《ゆうりょ》した幕府は男女が共に死ぬことを相対死と呼んで戒め、防止に努めてきたがいまだ後を絶たない。

北町奉行所の定廻と臨時廻が取り調べ、隠密廻の十蔵と壮平が手分けをして探りを入れた結果、相対死に及んだ三組の男女には不審な共通点が見出された。

男が全員、裏店住まいの独り者。女は裕福な商家の女房。

いずれも刃物を用いることなく果てていたが、一人も川の水を飲んでいない。

他の場所で溺死《できし》させられた後、大川に投げ込まれたに違いない。

これは相対死と見せかけた、殺しではあるまいか——。

「押さえつけ、内風呂で溺れさせたのだろうか」

「濡れ和紙で口を塞ぐ手もございやす」

「和紙とな？　舌先で突き破られれば終いであろうぞ」

「それが存外難しいんでさ。寝込みを襲われちまったら尚のことでございやす」

正道の疑問を受けて、十蔵が答える。

「その手口ならば、雑巾《ぞうきん》一枚でも事足り申す」

続いて壮平が口を挟んだ。

「雑巾となＪ」

「小伝馬町の囚人どもが作造《さくづく》りと称して行う、間引きの手口にござる」

「ただでさえ風通しの悪い上に、梅雨から夏場にかけては蒸しやすんでね……御牢内に切られた厠のはねっかえりを拭く雑巾で口を塞いで、仕上げに布団蒸しにしちまうんでさ。日頃から気に入らねぇ奴には、殴る蹴るのおまけつきでね」

「左様なことをしでかして、獄医《ごくい》は何も申さぬのか」

「連中は余計な仕事なんざしやせんよ。牢名主が鼻紙に包んで寄越す口止め料の小銭を受け取って、見ざる聞かざる言わざるでさ」

「囚獄《しゅうごく》の有様はかねてより話には聞いておったが……酷いものだの」

「また折があったらお話ししやすよ、ご登城の刻限も近いこってすし、新しく手掛かりになりそうなもんが見つかったことを、締めにご報告申し上げやす」

十蔵が腰を上げ、正道の膝前に並べたのは三枚の浮世絵。

三人の男の全身が描かれている。

なかなかの男ぶりだが、役者ではない。

天秤棒《てんびんぼう》を担いだ、棒手振《ぼてふ》りの魚屋。

腹掛けをした上に半纏《はんてん》を着た、居職《いじょく》の桶屋。

大きな臼《うす》を足で転がしながら、杵《きね》を担いでいる搗米屋《つきごめや》。

「こいつらが生き手本になった、浮世絵でございやす」

「斯様なものが出回っておったのか……」

「へい。ゆうべになって、ようやっと表と裏が揃いやした」

「裏とな？」

「こちらでございやす。お目汚しでござんしょうが、失礼しやすよ」

十蔵の前置きを受け、壮平が新たな三枚を並べていく。

「これは……裸形《らぎょう》なれど、いずれも顔は同じだな」

「左様。同じ姿勢を取らせた上で、着衣のみ取り去った絵にござる」

冷静に判じた正道に、壮平は淡々と告げる。

着物を纏った姿が一枚、そして一糸まとわぬ姿が一枚。

三人が二枚ずつ、合わせて六枚の浮世絵が、障子越しの日射しを受けている。

今朝は珍しく雨が止み、雲間から太陽が顔を覗かせていた。

三

正道はあらかじめ身支度を調え、すぐに出立できるようにしていた。

廊下を渡って向かうは奉行所の玄関。

すでに駕籠が横付けされており、後は乗り込むだけである。

手が空いた同心たちは進んで見送りに立ち、与力も少ないながら加わっている。

十蔵と壮平は物陰から、そんな様子を見届けていた。

四人の陸尺《ろくしゃく》に担がれた駕籠が粛々と、表門へと続く石畳を渡りゆく。

「ご開門！」

供侍の号令により門扉《もんぴ》が開かれ、登城に及ぶ正道の一行が北町奉行所を後にする。

「うちのお奉行、なかなかの貫禄だな」

「肥えちゃいるが動きがきびきびしていたな」

「何か心得がありそうだな。武芸の手練にゃ見えねぇが……」

門扉が閉じられたのを潮に、同心たちは各自の持ち場へと戻っていく。

廻方はこれから市中見廻りだ。

「おや、田山《たやま》が見当たらねぇぞ」

「あの野郎、また一人で先に出やがったな」

同心部屋に戻るなり、十蔵と壮平は定廻の面々がぼやくのを耳にした。

「困った奴だぜ、いつまで経っても馴染もうとしねぇや」

「放っとけ、放っとけ」

若い定廻はぼやくだけだが、年嵩の臨時廻は手厳しい。

「火盗《かとう》あがりとの触れ込みなれば鬼が如き大兵《だいひょう》が来るとばかり思うていたが、小兵《こひょう》もいいところであったよ」

「まさに大山鳴動《たいざんめいどう》して鼠《ねずみ》一匹、だな」

「鼠ではあるまい。栗鼠《りす》じゃ、栗鼠」

伝法な言葉を好んで使う定廻の若手より落ち着いた口調ながら、言うことは辛辣であった。

「無駄口を叩いてねぇで早く行きな。せっかくの五月晴《さつきば》れがもったいねぇだろ」

「心得やした、八森さん！」

敷居際から十蔵が告げるや、定廻の若手が一斉に走り出ていく。

「和田さん、されば我らも参ります故」

後に続く中堅の臨時廻は、壮平にもお愛想を言うのを忘れない。

たちまち空《から》になった同心部屋で、壮平は溜め息を吐《つ》いた。

「あやつ、いまだ打ち解けておらぬようだな」

「田山雷太《らいた》か……ちょいと名前負けが過ぎるのかもしれねぇなぁ」

「姓名はともかく、栗鼠呼ばわりとはな」

「言い得て妙にゃ違いねぇが、もうちっとましな渾名《あだな》はねぇもんかね」

「して八森、お奉行にお見せした絵だが」

「町じゃ美男絵って名前で売られてたぜ。役者絵に力士絵と来て、まさか堅気《かたぎ》の若《わけ》えのを生き手本にしたのが流行《はや》るとはなぁ」

「笠森《かさもり》お仙《せん》の男版を狙うたのだろう。商いとしては良き目の付け所だが、裸形と表裏一体にて売り出すとは、あざといにも程があろうぞ」

「男日照りの山の神にゃ、いい目の保養ってこったろう。男の裸じゃ取り締まるにも前《さき》の例《ためし》がねぇし、町方もすぐには動かねぇって読みだろうよ」

「まことにあざといな……」

「版元は殺しについちゃ知らぬ存ぜぬだし、しょっぴいても埒は明くめぇ」

「やはり、他の生き手本となりし者どもを当たっていくしかあるまいぞ」

「そのことは臨時廻の連中に申し付けてあるからよ、首尾を待とうや」

「されば、我らは貸本屋か」

「そういうこった。版元から仕入れて小売りをしている奴らの中に、この絵を引き札代わりに男を世話してやがる奴がいる……そいつが相対死に見せかけた殺しの咎人に違いあるめぇ」

「そやつを何としても突き止めるのだ。参ろうぞ、八森」

「合点だ、壮さん」

同心部屋を出た二人は素足に雪駄を突っかけ、北町奉行所を後にする。

今日も身なりを変えての探索に専心し、悪事の元凶を追う所存だった。

四

江戸土産といえば浮世絵だ。

男たちが喜ぶのは何と言っても美人画だが、女たちが好む、こぞって買ってくれるような画題はないものか。

そんな思案を重ねた末に、さる版元が大当たりを取った。

描かれるのは、役者でも力士でもない。

生き手本になってもらうべく集めたのは見た目の良い、されど普通に暮らしている堅気の若い男であった。

それも着衣と裸体を対《つい》にして、巾着の紐を緩めてもらうという趣向《しゅこう》。

奉公人は店の暖簾《のれん》に障ると厄介なため、もとより声はかからない。

独りで商いをしている、小店《こだな》や屋台店のあるじであれば話は別だ。

「へへっ、こいつぁ笹森お仙の向こうを張ってるつもりらしいや。看板娘ならぬ看板兄いってことかねぇ」

「馬鹿馬鹿しい。こんなもんを喜んで買ってく奴の気が知れねぇや」

絵草紙《えぞうし》屋の店先では、遊び人と思しき二人連れが言い合っていた。

買おうともせずにこきおろしながらも、裸形の絵には食いついている。

「いや、こいつのお大事さんはお前よりでっかいぜ」

「何だと、人様のことをとやかく言えんのか！」

「だったら、そこらでくらべっこと行こうや」

「上等だ。後で吠え面かくんじゃねぇぞっ」

勢い込んで駆け去る二人連れを尻目に、一人の同心が通りをとぼとぼ歩いていた。

まだ若いというのに、見るからに覇気がない。

単衣の着流しに巻き羽織、素足に雪駄を履いた二本差し。

誰であれ、それなりに様になるはずの格好が、まるで似合っていなかった。

身の丈は並より低く、体つきは固太り。

手足も細くはないが、逞しいとも言い難い。

体形にも増して子どもっぽいのは顔だった。

ぽっちゃりした丸顔に小銀杏髷は、伊達と言うより可愛らしい。

つぶらな瞳で前歯が目立つ、たしかに栗鼠を思わせる顔である。

絵草紙屋の店先で立ち止まり、手を伸ばす。

指が短く丸まっちい、これまた子どもじみた手であった。

美男絵を無言で見やる、この同心の名は田山雷太。

昨年の暮れに御先手弓組から北町奉行所に配属された、当年二十六の定廻だ。

同心部屋で臨時廻に噂をされていたとおり、以前は火付盗賊改の同心として十手を握った立場である。

なまじ前評判を立てられたことが、更に災いした。

雷太は子どもじみた外見をしているのみならず、捕物の腕前も未熟だった。

御先手同心は弓組と鉄砲組のいずれかに属し、幕軍の先鋒《せんぽう》として戦うことが本来の御役目だ。有事に際して出陣するのは南北の町奉行所与力と同心も同じだが、御先手弓組と鉄砲組は敵の軍勢を突き崩す先鋒だ。矢玉が飛び交う戦場を駆け抜ける覚悟を持った猛者《もさ》でなければ務まらず、平時から心身を鍛えることが必須とされた。

御先手弓組に代々属する田山家の男たちは、総じて小柄だったという。

とりわけ雷太の祖父は身の丈が低く固太りで、体を幾ら鍛えても子どもじみた印象が増すばかりなのに悩んだ末、大柄な女人を妻に迎えた。

かくして雷太の父は六尺近くまで育ち、母も並より高かったが、孫として生まれた雷太は身の丈ばかりか体つきまで祖父そっくりの、元の有様に戻ってしまった。

孫を不憫《ふびん》に思った祖父が得意とした弓の技を雷太に教え込み、他の組の猛者たちに引けを取らない腕前となるまでに鍛え上げたことが幸いし、御先手同心として無事に家督を継いだのは一年前。

弓術は土台となる体がしっかりしていることが武器となる。雷太は小柄ながらも腕力が強いため、張りの強い弓を弾くのに不足はなかった。

しかし火付盗賊改の加役《かやく》には、せっかくの弓の腕前も役には立たない。

特徴のある外見は身なりを変えての探索に向かず、力が強くても気が弱くては斬り捨て御免の捕物では腰が引け、凶悪な盗人どもから逆に刺されそうになる始末。火盗ならではの荒っぽい取り調べも痛め吟味を受け持つどころか、同席するだけで吐き気を催す有様で、使い物にならないと見なされるまでに半年もかからなかった。

御先手から町奉行所への御役目替えは、ただでさえ名誉なこととは見なされない。

まして厄介払いも同然の異動では、北町で同役となった廻方の面々ばかりか古巣の御先手弓組にも、物笑いの種にされるのを避けられなかった。

美男絵を眺める雷太に表情はない。

同性ばかりか女人にも軽んじられ、岡場所へ足を運んでもまともに相手をしてもらえぬ身にとって、見目好き男たちの姿は羨ましさを募らせる。

「もし」

童顔を曇らせた雷太に、背後から声をかける者がいた。

「何者だ？」

誰何《すいか》しざまに向き直る動きは、決して鈍重なものではない。

「失礼しました。お役人様」

如才なく詫びながら、声の主は雷太と間合いを取っていた。

雷太より年嵩の、三十絡みの男だった。

「おぬし、この店の者ではないな」

「へい、ご覧のとおりの貸本屋でございやす」

高々と背負った荷は黄表紙から浮世絵まで効率よく収納する、移動式の本箱。得意先を廻って商いをする身だけに、細身ながら足腰の張りが逞しい。

「お役人様、ご興味がおありのようでございますね」

「御用で目を通しておっただけだ。もとより興味などあるものか」

「ほんとですかい？」

突き放した物言いをされても意に介さず、男は雷太に問いかける。いつの間にか間合いを詰め、近間に踏み込んでのことだった。

「おぬし、ただの貸本屋ではないな」

「お察しのとおり、ちょいと裏の稼ぎをしておりやす」

「何っ」

「と申しやしても、御法に触れることじゃありやせん」

「おぬし、何が言いたい？」

「こいつぁ親切心ですよ。お辛そうな顔で美男絵を見ていらした旦那に、いい思いをさせて差し上げたいんです」

「うぬ、美人局《つつもたせ》か」

雷太は懐に右手を入れる。

もとより捕物は不得手だが、見逃すわけにはいくまい。

「違いますよ。生き手本の口入れ屋です」

男は動じることなく笑って見せた。

午前の通りを行き交う人々は、誰も二人に目を留めない。若い定廻同心の粋な姿に黄色い声を上げる町娘たちも、若いのに風采《ふうさい》の上がらぬ雷太には声をかけるどころか一顧《いっこ》だにしなかった。

今はそんなことを気にするどころではない。

「生き手本、だと」

「へい。そちらと同じ美男絵に、旦那に出ていただきたいんで」

「ふざけるでない。俺は町方御用を務める身だぞ」

「存じ上げておりますよ、田山雷太様」

「俺の名を知っておるのか？」

「はい。北の御番所内での評判も」

「……厄介者と知るに及んで、嬲《なぶ》りにでも参ったのか」

「慣れない御役目で毎日お辛いことでございましょう。気晴らしができる上に、いい稼ぎになりますよ」

「役人を絵姿になどいたさば俺が責めを追うのみならず、おぬしも罪に問われるぞ」

誘惑の言葉に揺らぎながらも、雷太は言った。

しかし男は動じない。

「左様に仰せになられると思いまして、旦那には特別なお客様にだけお分けする絵に出ていただきます」

「特別な客、とは」

「不実なご亭主に泣かされて寂しい思いをしていなさる、ご新造様方です」

「商家のおかみたちに、俺の絵を？」

「はい」

「おぬし、目が悪いのか」

「いいえ。夜目《よめ》もよく利きますよ」

「ならば、俺を絵にする値打ちがあるのか否かも分かるであろう」

「とってもよろしゅうございます。さ、手配した絵師んとこへ参りましょう」

にっこり笑う男の顔に邪気はない。

「……案内をいたせ」

声を低めて告げる雷太の右手は、すでに懐から抜けていた。

五

梅雨は一向に明ける気配を見せず、今日も空は一面の雲に覆われていた。

「おい、田山の様子がおかしいぞ……」

「あの小栗鼠、一体どうしちまったんだ？」

「見た目は同じなのに、まるで別人じゃねぇか……」

廻方の同心部屋では、三人の定廻が声を潜めて語り合っていた。

貸本屋に狙いを定めた探索は、未だ功を奏していない。

田山雷太が受け持つ、日本橋大伝馬町《おおてんまちょう》から浅草橋御門にかけての界隈の探索もめぼしい成果は報告されていなかった。

されど同心部屋の面々は、雷太に目を見張らずにはいられない。

「各々方《おのおのがた》、それがしに何かご用ですかな？」

「い、いや、その後の調べがどうかと思うてな」

雷太のほうから声をかけられ、困惑しながらも答えたのは古株の臨時廻。

「その儀ならば、八森様に報告済みでございますよ」

「さ、左様であったか」

「残念ながら未だ目星がつきませぬが、それは各々方もご同様。悪しからず、失礼つかまつります」

呆気にとられた一同に会釈をすると、雷太は同心部屋から出て行った。

たしかに見た目は変わらない。

しかし、その身に纏う雰囲気は別物だった。

同じ顔、同じ体つきでも、人はこれほど変わるのか。

「おぬしたち、何をしおるか？」

啞然としていた同心たちに、活を入れたのは壮平。

十蔵は無言のまま、廊下を渡っていく雷太の後ろ姿を見送っている。

「早《はよ》う行け。我らが御用は根気強さが身上《しんじょう》ぞ」

「は、ははっ」

「行って参ります！」

定廻も臨時廻もなく、同心たちが廊下へ走り出る。

「……あやつ、よほど自信を付けたようだな」

「俺にも覚えがあるぜ。ああなると、背も高くなった気分になるもんだ」

「さもあろう。男はそうやって大きゅうなるものだ」

「ああ。だから女は大事にしなくちゃいけねぇ」

壮平のつぶやきを受け、十蔵が頷いた。

「おぬし、田山の後はつけさせたか」

「もちろんさね。由蔵が出張ってくれたよ」

「埼玉屋のほうは障りないのか」

「梅雨が明けきらなきゃ庭木の手入れもままならねぇんで、抜けても大事はねぇってお墨付きをもらってきた。人足仲間にゃ酒を差し入れしといたから、後でやっかまれることもあるめぇ」

「ならばよい。私は後詰めに参るとしよう」

「合点だ。俺もおっつけ駆け付けるからよ」

「頼むぞ、八森」

「壮さんもしっかり頼むぜ。飛び道具は用意してあるかい？」

「常の如くだ。安心せい」

「へへっ、頼もしいこった」

「おぬしもな」

壮平は言葉少なに頷き返すと廊下に出た。

それを見送り、十蔵はつぶやいた。

「やっぱり俺の相方は、お前さんじゃなきゃ務まらねぇや」

六

縦横《じゅうおう》に運河が巡る江戸市中では、さまざまな船が運用されている。

中でも変わり種なのが、湯船《ゆぶね》と呼ばれる商い船だ。

屋根船の床に畳を敷かず、板敷きの流しを設えた上に木製の浴槽を置いた、つまりは移動式の銭湯だ。

町中の湯屋とは違って不自由はあるが大川を主流とする運河を介し、入浴するのがままならない人々の許へ出向くことが自在な湯船の需要は多く、流れに乗って行き来をするのを不審に思う者はいない。

悪しき誘惑に乗せられた田山雷太も、左様に判じた一人だった。

勝手知ったる河岸に立ち、迎えに来るのを待ちかねて乗り込む動きは慣れたもの。

待ち合わせたのは市中見廻りの持ち場を流れる、浜町川の河岸。この浜町川は大川と繋がっており、生き手本の当人との逢瀬《おうせ》を望む女たちの許へ出向くのも容易かった。

雷太にとって湯船はあくまで移動の足。枕を交わすのは曖昧宿《あいまいやど》。

上野の池之端《いけのはた》まで出向かずとも、華のお江戸は人目を忍んで逢引きをする場所に事欠かない。最初は大いに緊張させられた雷太も、今や慣れたものだった。

「三次《さんじ》、今日もよしなに頼むぞ」

「へい、こちらこそ」

二つ返事で応じる三次は、雷太を口説《くど》いた貸本屋だ。

真っ当な商いで得意先を廻っていると装って、目星をつけた商家の女房に美男絵を売り込み、巧みに乗せて客にする。

美男絵は版元から直《じか》に仕入れず、二重三重に偽装をしているという。たとえ一人がお縄にされて口を割っても、三次には辿り着けないようにしているのだ。

これでは十蔵と壮平の指揮の下、北町の定廻と臨時廻が調べを尽くしても埒が明かないわけである。

版元が黒幕となって企んだことならば、早々に事件は解決しただろう。

しかし三次は市中で流行る美男絵に便乗し、これはと目を付けた生き手本を密かに口説いてその気にさせ、客との間を取り持っているだけのこと。

もとより版元とは何の繋がりもなく、直に絵を仕入れるわけではないので、会ったこともないという。

雷太に町方御用を担う気概があれば三次を捕らえ、単独では運営できない男売りの真の黒幕を白状させるべきであろう。

しかし、今や三次には感謝の念しか抱いていない。

雷太を邪険《じゃけん》に扱わない、むしろ愛《め》でてくれる女たちに日替わりで引き合わせてくれるのみならず、少なからぬ額の分け前まで渡してくれる。いい思いをさせてもらう上に金まで受け取ることに未だ後ろめたさはあるものの、かつてなく満たされた日々の歓びを失いたくはない。

浜町川から大川に出た湯船は、ゆるゆると広い川面を遡《さかのぼ》る。真っ当な湯船が客を集めるのに用いる法螺貝《ほらがい》など、最初から積んでもいない。

雷太は舳《へさき》を前にして座り、行く手を眺めやっていた。

連日の雨で水位が増した川面を舳が割り、飛沫《しぶき》が船縁《ふなべり》を超えて絶えず飛んでくる。

「三次、先に湯に入っても構わぬか？」

肌寒さを覚えた雷太は、船尾で漕ぎ手を務める三次に呼びかけた。

「ちょいとお待ちになってください。直に着きますんでねぇ」

「されど、内湯《うちゆ》はないのだろう？」

雷太は少し苛立ちを交えて問う。

自前の風呂を備える曖昧宿など限られており、手頃なところでは手桶に湯を汲んでもらって体を拭くのが関の山だ。いつになく冷え込みが厳しい中、それだけでは風邪をひいてしまう。

「聞こえぬのか、三次」

返事がないのに戸惑いながらも、雷太は続けて問いかけた。

答えの代わりに聞こえてきたのは、こちらに漕ぎ寄せてくる船の櫓音《ろおと》。

何事かと向けた目に映ったのは二艘の猪牙《ちょき》。

右舷に迫る猪牙は目つきの鋭い四十男が櫓を握り、連れは更に凶悪な面相の浪人。

左舷からは力士並みの大男の漕ぐ、莚《むしろ》を被せた何かを乗せた猪牙が寄せてくる。

三人とも月代を剃らずに伸ばし、四十男と大男は着流し姿。

浪人はみすぼらしくも、一応は武士らしく袴を穿いていた。

「旦那、慣れねぇことは止めときなせぇ」

傍らに横たえた刀を雷太が取るより早く、短刀を突き付けたのは三次。

いつもの如才《じょさい》ない物腰は鳴りを潜め、船尾から一気に間合いを詰めたのだ。

思えば最初に声をかけてきた時から、三次は近間に入り込むのが巧みであった。

甘言《かんげん》を弄《ろう》するのみならず、荒事で相手を制するのも達者。

ただの小物ではあるまい。

全ては雷太を骨抜きにして連れ去り、罠に嵌めるための仕掛けだったのだ——。

七

三次は刀に続いて脇差も、着流しの帯前から鞘のまま奪い取った。

五つ紋付の黒羽織は待ち合わせた河岸に立つ前に脱ぎ、持参の風呂敷に包んで手元に置いてある。市中見廻りの間は袱紗にくるんで懐に忍ばせている十手も、同じ包みの中だった。

「親方、どうぞ」

その包みまで三次は取り上げ、親方と呼んだ四十男に差し出した。

「これこれ、こいつがなくっちゃ始まらねぇんだ」

湯船の船縁越しに受け取った包みを猪牙の上で開いて早々、朱房《しゅぶさ》の十手を見つけた男はにやりと笑う。

代わりに櫓を受け持った浪人は慣れた腰つきで漕ぎ進めながらも、雷太に鋭い視線を向けてくる。鋭利な切れ味に重さを兼ね備えた、まさに刀の如き眼光だ。

「おぬしたち、俺を何とする気だっ」

「慌てなさんな。すぐに引導を渡しゃあしねぇよ」

右舷を押さえた猪牙の上から、四十男の親方が伝法に告げてくる。

定廻の同役の粋がった喋り方とは別物の、年季の入った無頼漢《ぶらいかん》の口調だ。

雷太から取り上げさせた十手を、親方は己が帯前にぐいと差す。

太い縞柄《しまがら》の単衣に角帯を締め、胸元をはだけている。突き出た腹をしているものの動きは鈍重ではなく、揺れの大きい猪牙の上に平気で座っていた。

反対側の左舷を押さえた猪牙は、力士じみた大男が黙々と漕いでいる。

莚の下から垣間見えたのは、青ざめた若い男の顔。

もとより痩せこけていたらしく頬はこけ、月代は伸び放題。雷太を拘束した猪牙の三人は無造作ながらも伸びた毛の手入れがしてあるが、こちらは伸びるに任せた上に蚤《のみ》と虱《しらみ》がたかっている。江戸に出てきたものの仕事にありつけず、行き倒れになったと一目で分かる、無宿人の亡骸だった。

「ああ、見ちまったのかい」

雷太の視線の動きに気付いた親方が、にやにやしながら告げてきた。

「そいつの後生《ごしょう》を祈ってやんな。北町の役立たずとこれから相対死をしようっていう奇特な野郎なんだからよぉ」

「その湯船で俺の息の根を止め、そやつと共に沈めるつもりかっ」

「そうかい、溺れ死にに見せかけた細工に気づいてたのかい？」

雷太の言葉で察したのか、親方は図星とばかりに微笑んだ。

「我ら北町を甘く見るな。すぐに捕り手が押し寄せるぞ」

「ほざくな若造。この大川の上で何ができるってんだ」

「うぬっ……」

うそぶく親方を負けじと睨み返しながらも、雷太の歯の根は合っていない。

募る恐怖に寒さが加わり、震えが止まらなくなっていた。

「粋がる暇があるんなら念仏を唱えておきねぇ。その先の六万坪《ろくまんつぼ》に入ったら、お前とそいつは仲良く沈んでもらうんだからよ」

「されば、相対死に見せかけて……」

「そういうこった。前に済ませた三つの殺しは、家付き娘の女房をばらして店の身代を我が物にしてぇ亭主から請け負った仕事だけどな」

「そのために……罪のない生き手本の男たちまで、手にかけおったのか……」

「おいおい、そんなに震えながら睨まれたって怖くも何ともねぇぜ」

怒りも加わった震えであっても、親方は涼しい顔。

行く手に葦《あし》の生い茂る湿地が見えてきた。

深川六万坪。江戸湾を間近に臨む、埋め立て地だ。

「さーて、ここいらでよかろうぜ」

「へいっ」

親方の合図にすかさず応じ、三次が湯船を漕ぐ手を止めた。

浪人と大男もそれぞれ櫓を竿に持ち替え、猪牙を岸辺に寄せていく。

もとより一面のぬかるみだ。隙を衝いて飛び降りても足を取られて、すぐに追いつかれるのが目に見えていた。

「六《ろく》」

親方の声に応じた大男が、猪牙に積んでいた無宿人の亡骸に手を伸ばす。

軽々と持ち上げたのを無造作に、湯船の中に放り込む。屋根船と違って側面に障子を巡らせていないので、いちいち開く手間もかからなかった。

「それじゃ、おっ始《ぱじ》めるとしようかい」

親方が三度告げるや、今度は浪人も動き出す。

孤立無援で取り囲まれ、雷太は完全に退路を断たれた。

八

「親方、ちょいとよろしいですかい」

三次がおもむろに声を上げた。

「どうした三公、小便だったら後にしろい」

「違いまさ。スッキリしてぇのはそっちじゃねぇんで」

「何だお前、その同心に惚《ほ》の字だったのかい?」

「へっ、そんな甘ったるいことなんざ考えてもいやせんよ」

三次は冷《さ》めた笑いを浮かべて言った。

「北の八森と和田って隠密廻は腕が立つだけじゃなくて、亡骸を検《あらた》める手際も下手な医者が顔負けだそうじゃねぇですか。このまんま沈めちまったら、心中じゃねぇって見破られちまいやすぜ」

「言われてみりゃそうだなぁ。前の三つの殺しは事が済んだのをとっ捕まえて、その湯船で息の根を止めてやったわけだが、そいつは何もしちゃいねぇ。それらしい態《てい》にしとかねぇと、北の奉行が馘首《くび》になるのに入り用な恥が足りなくなるわな」

「お奉行に、恥を……だと？」

「それが上つ方からのお指図なんでな。たんまりお宝を頂戴する約束を、手抜かりがあって反故《ほご》にされちゃ元も子もありゃしねぇ。三公、しっかり頼むぜ」

「心得やした」

待ってましたとばかりに三次が前に踏み出した。

嬉々として迫る相手は、湯船の舳で震える雷太。

何をするつもりなのかは、親方とのやり取りを耳にしていて理解した。

もとより望んでもいないことだ。

「よ、寄るなっ」

「つれないことを言いなさんな。今さら知らない仲じゃあるめぇし」

「くっ……」

「いいねぇ、その怯《おび》えた顔が堪らねぇや」

舌なめずりをせんばかりに三次が笑う。

「あたしゃ絵師んとこで旦那のお大事さんを初めて拝んだ時から、死ぬ程よがらせてやりてぇって思ってたんだよ。まぁ、どっちみち死んでもらうんだけどね」

「や、止めろぉ」

「大人しくしてなって。冥途《めいど》の土産に男も捨てたもんじゃないって知るがいいさね」

じりじり迫る三次を前にして、腰が抜けた雷太は動けない。

これ幸いと手を伸ばした三次は、着流しの裾に手を掛けた。

一面を黒雲に覆われた空から、ぽつぽつと雨が降り出した。

「さぁ旦那、屋根のあるほうへお入りな」

ぐいと三次が雷太の手首を摑んで引っ張った。

利き手の右を選んだのは、抵抗を封じる思惑もあってのことだろう。無事な左手で抗おうにも、思うように持ち上がらない。

残る三人は無言で見守っている。目の前で落花狼藉《らっかろうぜき》が行われることなど、全く意に介していないのだ。

雷太を相対死と装って殺害し、配下の同心が恥ずべき死に方をした責を正道に問い罷免させる。これから三次がするのは目的を首尾よく果たすため、男同士で情交に及んだ偽装を施すこと。親方たちにとっては、それ以上でも以下でもない話なのだ。

三次が鼻息を荒くしながら、雷太に覆いかぶさった。

のしかかってくる体が冷たい。

ごんと鈍い音がする。

だが、手まで伸びては来なかった。

「馬鹿野郎、男も女も嫌がる相手に無体《むたい》をするんじゃねぇぜ」

頼もしい響きの声が、頭の上から聞こえてくる。

「八森様⁉」

「よぉ、気が付いたかい」

呼びかけに笑顔で応じる十蔵は、下帯《ふんどう》を締めただけの裸形だった。

見れば、右の拳に分銅付きの万力鎖《まんりきぐさり》を握り込んでいる。三次に忍び寄り、後頭部に一撃を叩き込んだのだ。

「如何にして、ここまでお出でに……」

「お前さんの様子がここんとこ妙だったんでな、悪いが後をつけさせた。大川伝いに走るだけ走った後は、昔取った杵柄の水練が役に立ったのよ」

驚きを隠せぬ雷太に答えながらも、十蔵は油断をしていなかった。

三次を一撃で昏倒《こんとう》させた鉄拳を開いて万力鎖を一閃《いっせん》させ、分銅を叩き込んだのは躍りかかってきた六の鼻面。

しかし鼻血を噴き出しながらも大男は倒れない。

「並の体じゃなさそうだな、でかぶつっ」

摑みかかったのを僅差《きんさ》でかわした十蔵は、湯船の船縁を蹴って跳ぶ。

満を持して仕掛けたのは跳び膝蹴り。

狙ったのは再び顔面。

怒り狂った六が諸腕《もろがいな》を振り上げ、がら空きになった隙を突いたのだ。

連続して攻め立てられ、しかも両膝を叩き込まれては、力士じみた大男といえども持ちこたえらない。

「へっ、どんなにでかくても面《つら》が急所ってのは変わりねぇやな」

仰向けに倒れ込んで気を失ったのを見届け、十蔵は止めていた息を吐く。

共に追ってきた壮平は袖箭で狙い撃ち、親方を動けなくさせていた。

「安堵いたせ。それなる矢に塗ったのは痺《しび》れ薬なれば、命には別条あるまい」

「や、野郎っ……」

懐から抜いた短刀を取り落とし、親方はぬかるみに膝をつく。

残る浪人も猪牙から湿地に降り立ち、抜いた刀を構えていた。

親方がもはや抵抗できないのを見届けて、壮平は浪人に立ち向かっていく。

降り出した雨を裂き、袖箭が続けざまに放たれた。

浪人の刀が閃《ひらめ》くたびに、鋼の矢が弾き落とされる。

単に落としただけではなかった。

壮平が狙い澄まして放つたびに、浪人は両断していく。

袖の中に隠し持つ、本来は刺客が用いる暗器の仕込み矢とはいえ、一本も外すことなく防ぐばかりか断っていくとは、並々ならぬ腕前だ。

あらかじめ痺れ薬を鏃《やじり》に塗って乾かした矢を濡らさぬため、壮平は革と油紙を二重にした包みを用いていた。

雨に対する備えが水に潜っても大事なかったのは幸いだが、多めに持参したはずの矢も残り少ない。

十蔵と同じく下帯一本の壮平は、刀を持っていない。由蔵と二人で浜町川の河岸を駆け、大川の土手を走って湯船を追っていた時は腰にしていたものの、合流した十蔵と共に水に潜って近付くためには、裸形にならざるを得なかったのだ。

「壮さん！」

十蔵が放ったのは雷太の刀。

親方が奪ったのを取り返し、脇差は自ら手にしていた。

壮平は空中で摑んだ刀を腰に取り、半回転させた体の動きで抜き打った。

浪人は両手で握った柄を縦にした。

柄と共に垂直に立った刀身が、壮平の抜き打ちを受け止める。

降りしきる雨の中、金属音が高々と上がった。

「片手抜きか」

浪人は抑揚《よくよう》のない声でつぶやいた。

何の感情も覚えなかったわけではないらしい。

「おぬし、できるな」

ぎらつく眼差しで壮平を見返し、告げる声は猛々《たけだけ》しい。

続く言葉は、更に苛烈《かれつ》な響きであった。

「したが、軸手が動かぬままでは俺には勝てぬ！」

告げた言葉を証明するかのように、浪人は壮平と合わせた刀を押し返す。

間を置くことなく斬り付けるかと思いきや、浪人は親方に視線を向けた。

向けたのは、凶悪な光を放つ目だけではない。

手にした刀が突き出され、仰向けに倒れたままでいた親方の心《しん》の臓を貫く。

「てめぇ、裏切りやがるのかっ……」

「元々手など組んではおらぬ。それがしはうぬらの見届け役だ」

「ち、畜生っ……」

親方はわななきながら息絶える。

その時にはもう、浪人は湯船に駆け寄っていた。

まずは六の巨体を二ヶ所、脾腹《ひばら》と心の臓を続けて刺し貫く。

未だ気を失ったままの三次の首筋を一刀の下に断つや、浪人はここまで乗ってきた猪牙に飛び乗った。

「待ちやがれっ」

脇差と万力鎖を引っ提げて十蔵が吠える。

「今日は退《ひ》いてやる。あり難く思うがよかろうぞ」

「何があり難いもんかい、この卑怯者！」

幾ら怒号を浴びせても、遠ざかっていく猪牙は止まらない。

「仕方あるめぇ。亡骸だけでも連れていこうかね」

溜め息をした十蔵は、壮平と雷太に向かって告げた。

「せっかくの湯船だ。あったまって帰るとしようかい」

雷太は船尾の焚き口の前に膝をつき、船に積まれていた薪で湯を沸かした。

これこそ三組の男女を溺れ死にさせた凶器と思えば、手を付けずに持ち帰って検証するべきだったのかもしれない。

しかし仕組んだ一味が口を封じられてしまった以上、物証だけでは役に立つまい。

そこで壮平も湯を沸かし、入っていくことに同意したのだ。

「八森……芯《しん》まで冷えるとはこのことだな」

「そうだろう。俺も髄《ずい》まで冷えちまったい」

二人して湯に浸かった十蔵と壮平は、打ち解けた面持ちで言葉を交わす。

壮平が湯船の中から告げてきた。

「死人に口なしとは遺憾《いかん》なれど、これではお奉行も裁きは下せまい。おぬしの落ち度も不問に付す故、左様に心得よ」

「和田さん？」

「そういうことにしときなって。お奉行には、こいつらをここまでおびき出した手柄《てがら》に免じてってことにしておくさね」

「八森さん……」

立ち上る煙に噎《む》せながらも、雷太は感無量の面持ちだった。

だが、十蔵と壮平の胸の内は穏やかとは言い難い。

北町奉行の正道を失脚させ、町奉行を無能な者で統一しようと企んだのは御側御用取次の忠英だけではなかったのだ。

正道が預かると宣言して持ち帰った聖母子の絵の存在は、忠英にとっても命取り。

とはいえ一時休戦したことを早々に反故にして若い同心を生贄《いけにえ》に仕立て上げ、北町奉行の評判を落とすなどという愚策を、忠英が取るはずはない。南北二人の町奉行の失脚を望む者は、忠英の他にも存在したのだ。

その悪しき望みを断じて防ぐ。根岸肥前守鎮衛と永田備後守正道。二人の奉行を護り抜く。隠密廻同心にして『北町の爺様』と南町番外同心の面々は将軍家を、ひいては大江戸八百八町の安寧を護り抜くため、明日からも戦うことを心に決めた。

だが、その前に風邪をひいてはつまらない。

「さ、お前たちもあったまりな」

由蔵に続いて雷太にも風呂を遣わせ、十蔵は焚き口の前に陣取った。

壮平は黙って薪を運び、湯が冷めないように焚き続ける。

「すまねぇな、壮さん」

「お互い様だ。気にいたすな」

いつものやり取り。いつもの信頼。

これ以上の相方は居るまいと、十蔵は壮平に寄せる感謝の念を新たにしていた。

恩師の置土産《おきみやげ》

一

文化八年の江戸は水無月《みなづき》を迎えていた。

陽暦では七月の半ばを過ぎて梅雨も明け、夏の暑さが本番となる頃だ。

木挽町五丁目の森田座は、翌月の興行に向けた準備に忙しい。

安普請《やすぶしん》ではあるものの常設の芝居小屋を構え、稽古場に不自由をしないのは幸いなことだった。

「おや若様、お久しぶりでござんすねぇ」

森田座の楽屋に入るなり、金四郎は親しげに声をかけられた。

にやにや笑いながら歩み寄ってきたのは、五十も半ばを過ぎたと思しき猫背の男。

右目が大きく、左目が小さい。やぶにらみの強面《こわもて》だ。

「よぉ先生、元気だったかい」

「先生は止《よ》しておくんなさい。あっしはしがねぇ物書きですぜ」

「何言ってやがる。四代目南北《なんぼく》になろうって立作者《たてさくしゃ》が」

「その話もお控えくだせえ。顔見世までお預けってことになっておりますんで」

持ち上げられても図に乗らない、この五十男の名前は勝俵蔵《かつひょうぞう》。

今年の霜月《しもつき》に催される顔見世興行で四代目鶴屋《つるや》南北を襲名すると決まった、当年五十六の歌舞伎作者である。

数え二十一から三十年近く下積みに徹して実力を培《つちか》った俵蔵は、先達《せんだつ》の並木五瓶《なみきごへい》や師匠に当たる桜田治助《さくらだじすけ》を超える逸材《いつざい》と評価が高い。

七年前の享和《きょうわ》四年（一八〇四）文月《ふみづき》の興行で河原崎座《かわらさきざ》の客分として執筆した『天竺《てんじく》徳兵衛韓噺《とくべええいこくばなし》』が二月《ふたつき》に亘って大当たりを取り、同年の顔見世で立作者として一本立ちするや押しも押されもせぬ人気者となったのは、下積みで培った実力に加えて宣伝が上手であるが故だった。

「なぁ先生、天竺徳兵衛で町方の世話になったたって噂は本当なのかい」

「おやおや、ずいぶん古い話を持ち出しなすったね」

「河原崎座で聞いてきたんだよ。見せ場の派手な仕掛けに伴天連の妖術《ようじゅつ》を使ってるんじゃねぇかって嫌疑を掛けた役人から、逆に褒められたって話は本当かい？」

「あの時は初めての大仕事だったんで、広目《ひろめ》をやり過ぎちまったんでさ」

「それじゃ、手前《てめえ》で触れて回ったのか」

「まさかお役人まで真《ま》に受けるたぁ思いやせんでね、下手をしたら大番屋送りにされちまうんじゃねぇかって、冷や汗を掻きやしたよ」

「殊勝《しゅしょう》なことを言ってるが、最初《はな》から狙ってたんだろ？」

「へへっ、やっぱりお見通しでござんしたか。一か八《ばち》かの賭けが上手いこと当たったもんで、南のお奉行様と親しくさせていただくようになりやした」

「北の奉行と付き合いはねぇのかい」

「前の小田切土佐守様とは何度かお目にかかったことがありやすが、今のお奉行様は存じ上げやせん。ご配下の同心にゃ、お付き合い願ってる旦那も居《お》られやすがね」

「だったら、和田壮平って野郎を知ってるかい」

「隠密廻の和田様でござんすね。築地の工藤平助先生の診療所で働いていなすった頃から存じ上げておりやすよ」

「聞いたことがあるぜ。たしか築地の梁山泊って呼ばれてたんだろ」

「左様でさ。いつぉ邪魔しても異名に違わぬ豪傑がとぐろを巻いていなすって、話のネタを拾うにゃ事欠かねぇとこでしたよ。もちろん書いちまったらまずいことは見て見ねぇ振りをしておりやしたけどね」

「で、今も和田とは付き合いがあるんだな？」

「へい。ついこないだも、あっしの家にお立ち寄りくださいやした」

「そいつぁ渡りに船だ。訊いてみてよかったぜ」

「どうしたんです、そんなに鼻息を荒くしなすって」

「和田にゃ借りがあるんだよ。ようやく表を出歩けるようになったんで、一日も早く叩っ返《けえ》してやりてぇんだ。さぁ、今すぐ引き合わせてくんな」

「だったら八丁堀にお出でなすったらよろしいじゃねぇですか。武鑑《ぶかん》とは別に案内が出ておりやすから、お屋敷はすぐ分かりやすよ」

「そんなこたぁ承知の上だが、仮にも役人の家に殴り込むわけにゃいかねぇだろ」

「するってぇと、返しなさるのはお金《あし》じゃねぇんで？」

「誰が銭を借りたって言ったんだい。叩っ返すのは髷を飛ばされた恨みだよ」

息巻く金四郎の月代は以前の如く、黒々と伸びていた。

壮平の抜き打ちで髷を斬り飛ばされて外出もままならず、言われたとおりに遠山家の屋敷で大人しくしていたのも一昨日までのことである。

ようやく元の長さに戻った髪をきっちり結い上げ、景気づけに桜の花びらの彫物を一気に三枚増やした金四郎は、屋敷でくすぶっている間も無為徒食《むいとしょく》で日々を過ごさずに素振りと巻き藁斬《わらぎ》りの稽古を重ね、今度こそ壮平に後れを取るまいと士気を高めてきたのであった。

「さぁ先生、早く行こうぜ」

「冗談じゃねぇ。そんな物騒《ぶっそう》な手引きなんぞはご免こうむりやすよ」

俵蔵は真面目な顔で金四郎を見返した。

生来の芝居好きが嵩《こう》じて日本橋で紺屋《こんや》を営む実家を飛び出し、浮き草稼業の芝居の世界で長らく生きてきた俵蔵だが、根は堅実な質である。

女房のお吉《きち》は、鶴屋南北を代々名乗り、旅芝居から歌舞伎の役者に転じた三代目の娘だったが打算で所帯を持ったわけではなく、未だ恋女房一筋で浮気もしない。今年で三十になった息子も歌舞伎作者の道を選んで二代目勝俵蔵を名乗り、父親の名声に頼ることなく勤《いそ》しんでいた。

「和田の旦那がだんびらを抜きなさるなんざ、よほどのことでもなけりゃあり得ねぇ話だ。先に喧嘩を売ったのは若様、いや、金さんだったんでござんしょう」

俵蔵は金四郎に問いかけながら、じろりと鋭い視線を向ける。

強面ながら愛想のよい、先程までの態度とは別人だった。

「……そうだよ。捕物の腕が立つのは分かったが、さむれぇとしての腕前はどうなんだって思ったら、確かめずにゃいられなくてな」

「それで勝負を挑みなすって、髷を飛ばされたと？」

「ああ。鞘を引かずに抜き打った、見事な一刀だったぜ」

やぶにらみの眼力に耐えきれず、金四郎は白状した。

「命拾いしやしたね、金さん。旦那の左腕が使えた頃だったら髷どころか、首と胴を泣き別れにされていたこってしょう」

俵蔵は真面目につぶやいた。

「そいつぁ大袈裟《おおげさ》すぎるだろうぜ」

「お若い頃の旦那をご存じねぇから、大袈裟だなんて言えるんでさ」

俵蔵はぶるりと猫背を震わせた。

「和田のお家に婿入りをしなすって町方役人になる前に、旦那が何て呼ばれてたのか分かりやすかい」

「医者だったんなら、先生だろ」

「全然違いますよ」

「だったら何だい」

「鬼」

「えっ」

「抜き打つ鬼……抜刀鬼《ばっとうき》って二つ名をお持ちだったんで。蝦夷地《えぞち》の絡《から》みで工藤先生のお命を狙ってきた刺客は、ぜんぶ旦那に返り討ちにされたんじゃねぇかって噂でさ」

「……両腕が使えた頃は、あんなもんじゃなかったわけかい」

「そうに違いありやせん。だんびらは抜くのも斬るのも、左の腕が軸なんでございやしょう？」

「そのとおりだよ。体の捌きもあってのことだがな」

俵蔵に説明しながら、金四郎は右手に提げた大脇差を見やる。

壮平と立ち合った時に帯びたのと同じ一振りは、柄が光沢を帯びていた。木綿の糸を巻いただけのはずなのに、革のようになっている。壮平に対抗すべく抜刀の稽古を日々繰り返すうちに、自ずとこうなったのだ。

だが、金四郎が取り組んだ鍛錬は児戯《じぎ》でしかなかったらしい。

「大丈夫ですかい、金さん？」

薬が効きすぎたと思ったのか、俵蔵が心配そうに問いかける。

しかし、金四郎は答えない。

壮平に関する俵蔵の話が何も盛られていない真実であることを、一度立ち合った身として実感していたからであった。

「抜き打つ鬼、抜刀鬼か。あの体の捌きで左の鞘引《び》きまでされちまったら、たしかに髷を飛ばされるどころじゃねぇやな……」

負けん気の強い顔を青ざめさせたまま、金四郎は嚙み締めるようにつぶやいた。

二

その頃、壮平は独りで新富町《しんとみちょう》を歩いていた。

日本橋の二丁町——堺町と葺屋町に出向き、歌右衛門を始めとする看板役者たちに話を聞いた帰りであった。

今日は聞き込みに赴《おもむ》いただけのため、七変化はしていない。

壮平の装いは御成先御免《おなりさきごめん》の着流しに五つ紋付、大小の二本差し。

着流しだけならば涼しい単衣も、重ね着をすると蒸す。

動きやすさを重視した着こなしとはいえ、巻き羽織にすれば更に蒸す。深編笠の下は汗に塗《まみ》れ、歩くだけでも辛い。

町方与力と同心は夏場に出歩く際には、一文字笠《いちもんじがさ》を用いるのが常である。照り付けを防ぎながらも視界までは遮《さえぎ》らず、いざという時に反応しやすいからだ。

季節を問わず市中を見廻る廻方にとっても、一文字笠は欠かせぬ備え。

しかし隠密廻同心は、顔を売るのが御役目の一環である定廻とは違う。

市中の民に存在を知らしめることが、防犯の役に立つわけではないからだ。

新富町から少し歩けば築地である。

行く手に本願寺《ほんがんじ》が見えてきた。

「……久方ぶりだな」

この築地界隈は、壮平が二十代を過ごした地。

生まれ育った長崎の地を離れ、江戸に下るも寄る辺《べ》のなかった壮平を、亡き師匠の工藤平助は暖かく迎えてくれた。

今にして思えば医者よりも剣客の才に秀《ひい》でていたのを見込まれ、体《てい》のいい用心棒にされていただけなのかもしれないが、築地の梁山泊と異名を取った診療所に寄宿して医業を学んだ日々は、かつてなく充実したものであった。

この身に残る二つの傷は、いずれも恩師の一家のために負ったものだ。

左腕の自由を奪った傷は、壮平の落ち度によるところが大きい。

壮平は本願寺を左手に臨みつつ、左腕を振ってみる。

肘から先は動くものの、肩は微動だにしない。

故に壮平は剣客としてのみならず、医者としても満足に働けなくなったのだ。

由蔵の傷を縫うのは上手くいったが、複雑な治療を行うことは難しい。

この左腕さえ満足に動いたならば十蔵の妻女の七重が病に倒れた時、麻酔を用いた手術に踏み切ることもできただろう。

それを思い出すと壮平は堪らない。

十蔵は七重と死に別れた後、未だ後添いを貰おうとはせずにいる。

このまま行けば八森家は後継ぎを欠いたまま、十蔵が亡くなると同時に断絶されることだろう。

養子を迎えるにしても、隠密廻同心は容易に務まる御役目ではない。

和田家も事情は同じである。

壮平は勝手な理由で子どもを作らず、この年になってしまった。

今から考えを改めたところで、子が授かるとは考え難い。

並より丈夫な志津とはいえ、この年で出産に耐えるのは至難だろう。

壮平は我が子が金髪碧眼で生まれてくる可能性を恐れ、辛い目に遭わせるのが忍びなかったが故、子を作るのを避けた。

志津は未だ知らないことである。

明かしたところで取り返しがつかぬ以上、伏せておくより他にない。

苦しむのは自分だけで十分だ。

「…………」

壮平は本願寺の門前で足を止めた。

寺社の前を通りかかった時、立ち止まって礼をするのは武家の礼儀。

江戸市中に多い稲荷社に対しても、壮平は礼をするのを欠かさない。

本願寺に対して行うのは、平助の許に身を寄せていた頃以来。当時は日々の習いのようなものだった。

久方ぶりの堂宇《どうう》を門の向こうに臨み、壮平は常より深く、長く頭を下げる。

何がどうなることでもない。

誰が救われるわけでもない。

分かっていても、そうせずにはいられなかった。

三

その頃、十蔵は浜町河岸の小浜藩上屋敷を訪れていた。

訪ねた相手は杉田玄白。

江戸の蘭学者の長老と言うべき玄白は、十蔵の亡き師匠である平賀源内と生前に親しく接し、獄死した際に亡骸《なきがら》を引き取るために奔走《ほんそう》したのみならず、弔文《ちょうぶん》まで書いてくれた恩人である。

「ほお、珍しいの」

「お久しぶりでございやす、先生」

「年寄り相手に遠慮で物を言うでない。近う、近う」

敷居際で頭を下げた十蔵に、玄白は手招きをする。

白髪ながら毛の量が豊かな十蔵に対し、こちらは一本も残っていない。主持《しゅもち》の医者の常として頭髪を余さず剃り落とし、丸坊主にする習慣を、現役から退いて久しい後も欠かしていなかった。

「お久しぶりでございやす」

「おお、はきと聞こえるわ」

鉢の大きい禿頭を輝かせ、微笑む玄白は当年七十九。

南町奉行の鎮衛より四つ上の、十蔵の身近で最も年嵩《としかさ》の人物だ。

「先生、お筆は進んでおられやすかい」

「うむ、まずまずじゃな」

当時、玄白は『蘭学事始《らんがくことはじめ》』の執筆に取り組み始めていた。

かの『解体新書』刊行のみならず、玄白が交誼《こうぎ》を結んだ蘭学者たちについての回顧《かいこ》が書き綴られた『蘭学事始』は三年後の文化十一年（一八一四）に書き上がり、同志の大槻玄沢《おおつきげんたく》の補筆を経て完成するのは更に明くる年、文化十二年（一八一五）四月のことである。

未だ矢立て始めの段階だとは、十蔵も知るはずがない。

そもそも本日の訪問は、陣中見舞いではなかった。

「ところで先生、こないだ頂戴した書き付けのことでございやすがね」

「ああ、源内が儂《わし》に預けたものか」

「へい、じじいの置土産でございやす」

「ほっほっ、若いのう」

十蔵の毒舌に江漢の如く立腹するのかと思いきや、玄白は楽しげに笑い声を上げただけだった。

「嫌ですぜ先生、俺は今年で六十五になりやすんで」

「いやいや、儂に言わせればまだ小僧じゃよ」

「小僧、ですかい？」

十蔵は目を丸くした。

そう呼ばれたのは、秩父の山里で勝手気ままに過ごしていた頃のこと。

源内と出会って啓蒙《けいもう》され、江戸で本草学者になろうと志す以前のことであった。

「男は七十を過ぎて若造、八十を過ぎてようやく一人前ぞ」

「それじゃ、先生は」

「左様。ようやっと一人前になりかけたところじゃ」

「そんなことを言われちまったら、俺の周りは小僧どころか、赤ん坊だらけでございやすよ」

「されば、おしめを替えてやらねばならぬな」

「そういうことになりやすねぇ。たしかに四十五十の奴は赤ん坊が糞小便を垂れ流すみてぇに、手前勝手なことをほざくもんでさ」

十蔵は苦笑交じりに、そう答えた。

「されど、放ってはおけぬであろう」

「へい、仰せのとおりで」

「赤子のおしめが取れるのは、垂れ流すのが気持ち悪いことであるのを自覚してからじゃ。それまでは難儀であろうと辛抱強く、付き合うてやらねばなるまい」

「面倒臭えからって見捨てちまうのは、もったいねぇことだと思いやすよ」

「左様……誰にでも、可能性というものがある故な」

玄白は笑みを絶やさずにつぶやいた。

「して、源内の書き付けは何とした？」

「そのことでございやすよ、先生」

十蔵は懐から油紙の包みを取り出し、玄白の目の前で広げて見せた。

汗が染みないように包装された中から出てきたのは、十枚ほどの紙の束。

歳月を経て黄ばんではいるが古反故《ふるほご》ではなく、筆を執った当時は下ろしたての紙であったと察しがつく。

書かれていたのは文章ではなく、大雑把な曲線と略字の羅列《られつ》だった。

「最初に見た時は、じじい……源内が酔っぱらって書き殴ったんじゃねぇかって思いやした」

「うむ、儂も同じであった」

「誰に見せても、そう思われるのが関《せき》の山でございやしょう」

「したが、おぬしは違うたのであろう？」

「もちろんでございやすよ」

微笑む玄白に、十蔵は不敵な笑みで応じた。

「この妙ちきりんな字ですがね先生、こいつぁ石の名前でさ」

「おぬしが申す石と言えば、鉱石だな」

「さすが先生、お察しが早えや」

「小僧に褒められても嬉しゅうないわ」

玄白は苦笑いをすると続けて問うた。

「字が鉱石の名前ということは、周りの線は山を意味しておるのだな」

「ご明察。俺の弟が継いだ実家のもんでございやす」

「されば源内は、おぬしの家のために」

「へい。掘りきれずに眠ってるお宝が、こんだけあるって教えてくれたんでさ」

「いつの間に調べ直したのであろうな」

「そんな面倒なことをするはずはありやせんし、そもそも暇がなかったですよ」

「さすれば、それは」

「銀を探してほっつき歩いてた時に気が付いてはいたものの、すぐ値打ちが出るもんじゃねぇから放っておいたのを思い出し、書き残してくれたんでござんしょう」

「思い出しただけにしては、多すぎようぞ」

「そこが源内の呆れたとこでございやすよ先生。阿蘭陀語を覚えるのが面倒臭えって大通詞任せにしちまう怠けもんかと思いきや、頭ん中にゃ呆れるほど知識が詰まっていたんでさ」

　十蔵は懐かしそうにつぶやいた。

「源内が金稼ぎの口を探して、あれこれ手を出してたことは先生も覚えておられるでございやしょう？」

「うむ。芝居に戯作に引き札の売り文句と、元手要らずで実入りが得られることには何にでも首を突っ込んでおったものだ」

「あの手の仕事をする時、源内が手元に置いてたのは紙と筆だけでござんした」

「字引《じびき》を用いなんだのか」

「それだけじゃありやせん。あれこれ引用してた和漢の書も、一度だって見直すことがなかったんでさ」

「まことか」

「そもそも現物が一冊も手元にありやせんので、元の文章を確かめたけりゃ学者仲間の先生方のとこに行って借りるか、さもなきゃ書肆《しょし》で立ち読みでもするしかなかったでしょうが、ぜんぶ頭ん中に入ってたんで事足りたんでさ」

「まさに博覧強記《はくらんきょうき》だな」

「源内の筆がやたら早かったのも、それ故でさ」

「世の中の動きが遅い遅いと、嘆いておったのも道理だな……」

玄白は寂しげに微笑んだ。

「されば十蔵、その書き付けは弟に渡すのだな」

「いえ、源内の追善供養《ついぜんくよう》のつもりで燃やしちまおうと思っておりやす」

「それで良いのか。おぬしの里山が宝の山となる手がかりなのであろう?」

「里をおん出ちまった俺が言うのも何ですが、山仕事ってのは細く長く続けることが大事なんでございやす。こんなもんを渡したら弟にその気がなくても、周りのもんがヤマっ気を出しちまって、碌《ろく》なことになりやせんよ」

「左様か……うむ、そうすることが一番であろうな」

「ありがとうございやす、先生」

「礼は源内に申すがよい。祈りと共に、な」

「心得やした」

十蔵は玄白に笑みを返し、深々と頭を下げた。

四

壮平が大川端に出てみると、十蔵がたたずんでいた。

「何をしておるのだ、おぬし？」

「壮さんこそ、どうしたんだい」

「二丁町へ調べに出向いた後、ちと築地に寄ったのだ」

「するってぇと、お前さんも昔のことを思い出してたのかい？」

「おぬしもか、八森」

「ああ。前に話した源内の書き付けのことで、杉田先生んとこに行ってきたのさね」

「それでここに居ったのか……」

壮平は合点して頷いた。浜町河岸と大川は目と鼻の先である。

「されば八森、あの書き付けの謎解きはできたのだな」

「まぁな。俺じゃなくても、里の連中なら読み解けるもんだったけどよ」

「里と申さば、おぬしの生家か」

「そういうこった。うちの山に眠ってる、れあめたるってやつの在処《ありか》さ」

「レアメタル……エゲレスの言葉で稀少な金属、だな」

「そんな意味だったのかい」

「何も驚くには及ぶまい。おぬしが口に出した言葉ぞ」

「言ったのは源内のじじいだよ。夢枕でな」

「まことか」

「エゲレスの言葉なんて、山に関わることでも俺が知るはずないだろが」

「それもそうだな。しかし不思議なこともあるものだ」

「どういうこったい、壮さん？」

「私が判じるに夢とは見る者の頭の中にて作られ、織り成される光景だ。実際に経験しておらぬことが願望や未練によって形を成すこともあるだろう？」

「そうだなぁ……するってぇと夢は当人も知らねぇうちに頭ん中でまとまった、絵巻物を見せられてるようなもんだったのかい」

「絵巻物とは言い得て妙だな。うむ、まさにそのとおりぞ」

「だったら壮さん、俺はもちろん源内のじじいも生きてる時に知らなかったエゲレスの言葉が、どうして出てきたんだい？」

「平賀先生はご存じなかったのか」

「当たり前だろ。阿蘭陀語さえ途中で投げ出しちまったんだぜ」

「ふむ。身近に居ったおぬしが左様に申すのならば、間違いあるまい」

「だから妙に思えてならねぇのさ」

「私は夢枕も含め、当人の頭の中で形作られるものと考えておったが、それでは説明がつかぬ……おぬしに語りかけたのは、冥府《めいふ》より戻られし先生の魂魄《こんぱく》と判ずるより他にあるまいぞ」

「不思議なこともあるもんだなぁ」

「まことだな。して八森、その書き付けは何とする」

「そこなんだよ。意味が分かったのはいいけどよ、なまじ人目に触れさせちまったら要らぬ争いの元になっちまう。弟は身内ながら出来た奴なんだがな、そそのかす奴が出てこないとも限らねぇ。それに源内のじじいが夢枕で言うには、れあめたるとやらが役に立つのは二百年がとこ先のこったし、掘り出すために入り用な道具もその頃にならなきゃ揃わねぇそうだ」

「また長いな、二百年とは」

「宝の山ってのはそういうもんだ、気長に待つほど先々の楽しみが増えるだろうって源内のじじいは笑ってやがったよ」

「三代……いや、四代は先か。その頃の日の本がどうなっておるかの見当もつかぬ」

「うちの山からエゲレスの言葉で名前が付いた石が採れるってことは、今より開けた世の中なんじゃゃねぇのか?」

「左様だな。阿蘭陀と同様、あるいはそれ以上に深い付き合いとなっておらねば言葉も広まるまい」

「それはそうだけどよ、二百年たぁ長すぎるぜ」

「したが、その書き付けを遺しておかねば何も始まらぬぞ」

「どうしたもんかね、壮さん」

「厳重に封をするはもちろんなれど、肝心なのは誰に託すのか、であろう」

「こういう時は子どもがいねぇと困るなぁ」

「おぬしの周りを見た限り、適任なのは由蔵だ」

「そうだな。手前が書き溜めたもんを先々まで遺しておくつもりだろうし、ついでに頼むって預けるとしようかね」

「さすれば、平賀先生の書き付けも日の目を見るに相違ない。二百年先の世まで失われぬように保たれれば、だが」

「明暦《めいれき》の大火みてぇな火事になったら終《しめ》えだな」

「その頃は火の手に処する、新たな道具も出て参るであろう」

「左様に願いてぇもんだなぁ」

「人は時を経《へ》るほど育つものぞ。二百年となれば尚のことだ」

「それじゃ帰ったら封をして、いつでも由蔵に託せるようにしておくよ」

「気が早いぞ八森、おぬしが達者な限りは手元《ちと》に置いておけ」

「忘れたのかい、お前さんも俺も、いつおっ死んでもおかしくねぇ御役目に就いてるんだぜ」

「うむ……左様だったな」

「杉田先生にゃ六十五はまだ小僧だって言われちまったが、廻方同心にしちゃ長生きしたほうだろう。しかも俺たちゃ隠密廻だ」

「出羽守様と話は付いた故、しばらくは生き延びられようぞ」

「だけどよ、上つ方は御側御用取次だけじゃねぇだろ」

「これから出て参るとすれば、御目付筋か」

「そういうこった。行き過ぎた真似をしちまったら徒目付《かち》にやられるぜ」

「我ら町方が裁かれる側となるわけには参らぬな」

「そういや、あの金四郎って若様のお父上は御目付だったな」

「お屋敷に戻りて大人しゅうしておったようだが、今はどうであろうな」

「そろそろ髪も伸びただろうし、勇んで結い直してるんじゃねぇのか。壮さんに意趣《いしゅ》返《がえ》しをしようなんて料簡を起こしてなけりゃいいんだが」

「脅かすでない。私もやり過ぎたと思うておるのだ」

「いい薬になったに違いあるめぇが、あの若様は負けん気が強そうだしな。手ぐすね引いているかもしれねぇよ」

「左様とあらば、応じぬわけには参るまい」

「止しなよ壮さん、そんなことで命を落としてどうすんだい」

「死に急ごうとは思わぬよ。されど、尋常の果たし合いを所望されれば断るわけにはいくまいぞ。これでも我らは直参だからな」

「おいおい壮さん、そんな意地は張るだけ野暮《やぼ》だぜ」

「何故だ、八森？」

「金四郎は将軍家御直参だが、俺たちゃ違うだろ？」

「今さら申すまでもない。我らは御目見以下の御家人格。それも年始の挨拶以外は裃を着用するには及ばぬ、御成先御免の着流しだ」

「その着流しにさえ、七変化をしてると袖を通す暇がねぇんだからな」

「全くだな」

「時に壮さん、そろそろ江戸三座の夏芝居だぜ」

「毎年のことながら、いと厳しき御用であるな」

「できるだけ薄着で凌ぐとしようや」

「そうするしかあるまいが、美男絵が一件の二の舞はご免こうむりたいものだ」

「あの時はお互いに、酷《ひで》え目に遭ったなぁ」

「できれば思い出しとうないのだが」

「だけど、二度あることは三度あるって言うぜ」

「いい加減にせい……むむっ、やはり涼しいな」

「だろう？」

二人は川端を離れ、近くに架かる新大橋《しんおおはし》の真ん中まで来ていた。

壮平が震えたのは、川面から立ち上った冷気を感じてのことだった。

「そこらの堀じゃ、橋の上に立ってもここまで涼しくはねぇ。大川ならではの醍醐味《だいごみ》さね」

「いま少し暑さが増したら、また参るとしよう」

「そうだな。今日のとこは引き揚げようか」

十蔵と壮平は頷き合い、踵を返した。

半ばまで渡った新大橋を取って返し、西詰から先へと歩みを進める。

浜町河岸に沿ってしばし歩き、左に行けば八丁堀だ。

まだ日が沈むには間があるものの、この暑さは耐え難い。

隠密廻同心は報告をすることがなければ奉行所に立ち戻らず、組屋敷に直帰《ちょっき》しても差し支えない。

奉行所内に籠もりきりで執務する役方の同心たちは羨ましいだろうが、出ずっぱりは辛いもの。冬は寒さ、夏は暑さが身に堪《こた》える。

「お互《たげ》えに楽じゃねぇな、壮さん」

「左様。もはや若いと言い張れぬ年である故な」

「杉田先生にゃ小僧って言われちまったが、赤ん坊よりは大きいやな」

「小僧でよかったではないか。己が手で尻を拭けるのだからな」

「そう思えば、腹も立たねぇぜ」

「何だ、先生のお言葉に立腹しておったのか？」

「杉田先生でなけりゃ、年上だろうとただじゃ置かねぇよ」

「自重《じちょう》せい。長幼《ちょうよう》の序《じょ》を違えてはなるまいぞ」

息巻く十蔵を宥めつつ、壮平は行く手を左に曲がる。

「そろそろだな」

「ああ」

町方同心の組屋敷は、お世辞にも立派とは言い難い。

表に門を構えるのを許されるのは与力からで、同心は門とは名ばかりの木戸を開け閉めして中に入る。

百坪といえばそれなりの広さだが、武家屋敷としては小さめだ。

「じゃあな」

「うむ」

されど言葉少なに別れの挨拶を交わす、二人の隠密廻同心の声は明るい。

深編笠の下で浮かべた笑みは、分をわきまえるが故のもの。

町方同心は三十俵二人扶持。立場は御家人格。

正規の御家人と見なされぬが故、養子縁組の持参金も安い。

それから六十年を待たずして幕府は瓦解《がかい》。同心は士族となった与力よりも格の低い卒族《そつぞく》とされた。

かの樋口一葉《ひぐちいちよう》の父の大吉《だいきち》は甲斐《かい》の山村を出て江戸と大坂で蓄財に勤しみ、武家奉公に飽き足らず自ら士分となることを志し、南町奉行所同心の浅井《あさい》家と養子縁組をして現金で百五十両を払い、浅井家の負債を含む二百五十両の借金まで背負うも、一年足らずで南北の町奉行所は廃止。明治維新後に樋口と姓を改めて東京府、後に警視庁で事務官の職に就くと同時に不動産業で一時は財を成したが幕末に判断を誤ったのを後悔し、家族に対して自分は士族であると言い続けたという。

たしかに立場だけ見れば、町方同心は軽輩だ。

役得が多い御役目もあるものの、全ての者が恩恵に浴したわけではない。

まして武士となる夢を抱いた末ならば、一葉の父に限らず後悔したくなるだろう。

しかし文化八年の江戸に生きる、二人の隠密廻同心はもはや悔いてはいない。

片や本草学者、片や医者となることを望みながらも果たし得ず、婿として同心職に就いて三十年。

天明の世に青春の日々を終えた二人は還暦を過ぎ、今や『北町の爺様』と呼ばれる身の上だ。

もとより自ら望んだ異名ではない。

しかし、二人は今を悔いてもいない。

江戸には彼らの力が必要だ。

文化、後に文政《ぶんせい》と元号が改められた世は、徳川将軍家が栄華を誇った最後の時代であった。

十一代将軍の家斉は曽祖父の吉宗から強い体を受け継ぐも為政者《いせいしゃ》として自ら幕政を改革する気概は持たず、実の父である一橋《ひとつばし》徳川家の治済《はるさだ》も競争相手を排除して家斉を将軍職に就けたことで満足し、幕府の財政を傾けるのみならず商人からの献金を歓迎して、私欲を満たすことのみに徹した。

将軍家を筆頭に権力を有する武士のみが持ち上げられ、無力な武士は富裕な商人を始めとする町人に軽んじられた結果、武家は町家に、町家は武家に対して反感と敵意を募《つの》らせた。

当時の犯罪には、両者の対立に起因する事件が多かった。

武陽隠士《ぶよういんし》と名乗る公事師《くじし》で元は武士だったと思われる人物が著《あらわ》した『世事見聞録《せじけんぶんろく》』は文化文政に横行《おうこう》した悪事の数々を記録し、江戸が地獄の巷《ちまた》であったかのように描《びょう》破《は》する一方、町人の財力が武士の尊厳を傷つけて憚らない風潮に対する怒りを生々しく綴っている。

されど、武陽隠士は自ら悪に立ち向かったわけではあるまい。

矢面《やおもて》に立ったのは町奉行所の役人、それも廻方の同心たちだ。

八森十蔵と和田壮平。

図らずも十手を握る立場となって三十年。

還暦を過ぎて久しい二人の隠密廻同心は、それぞれの過去と向き合いながら江戸を護るために働いている。

「おい駱駝、ちったあ遠慮しろい。三杯目にはそっと出しって言うだろうが！」

「やかましいわ山猿め、わしは居候《いそうろう》ではないぞ！」

「ったく、うちの旦那と先生は仲がいいんだか悪いんだか分かりゃしねぇ……」

平賀源内を共通の師とする十蔵と江漢のなじり合いに由蔵が呆れる八森家の隣では、

「お前様、本日もお疲れ様にございました」

「おぬしこそ、いつもすまぬな」

壮平と志津が仲睦《むつ》まじく夕餉を共にしている。

文化八年の夏は今が盛り。夜が更けても寝苦しい。

「よぉ壮さん、ちょいと一番どうだい」

「将棋か。眠気を誘うに頭を使うも、またよかろう」

「お奉行からせしめた異国の酒を持ってきたぜ。こいつをやりながらと行こうかい」

「これは……ラム酒だな。酔いの回りが早いぞ」

「そん時ゃ歩回しに切り替えようや」

「子どもの遊びではないか」

「たまにゃいいだろ。七十前はまだ小僧さね」

「左様であったな……うむ、久方ぶりだが変わらず強いな」

「ほんとに効くなぁ。かーっ、染み渡るぜぇ」

「さもあろう。これは船乗りが暑さ凌ぎに呑む酒だ」

「俺たちにもお誂え向きってわけかい」

「まことだな。どれ、もう一献と参ろうぞ」

日々の暑さと戦いながら『北町の爺様』は明日も御役目に力を尽くす。

時代小説

二見時代小説文庫

北町《きたまち》の爺様《じいさま》1 隠密廻同心《おんみつまわりどうしん》

二〇二二年　六　月二十五日　初版発行

著者　牧《まき》　秀彦《ひでひこ》

発行所　株式会社　二見書房
〒一〇一-八四〇五
東京都千代田区神田三崎町二-一八-一一
電話　〇三-三五一五-二三一一［営業］
　　　〇三-三五一五-二三一三［編集］
振替　〇〇一七〇-四-二六三九

印刷　株式会社　堀内印刷所
製本　株式会社　村上製本所

ISBN978-4-576-22079-6
https://www.futami.co.jp/

牧 秀彦

浜町様 捕物帳

シリーズ

完結

江戸下屋敷で浜町様と呼ばれる隠居大名。国許から抜擢した若き剣士とさまざまな難事件を解決！

浜町様 捕物帳

① 大殿と若侍
② 生き人形
③ 子連れ武骨侍

八丁堀 裏十手

① 間借り隠居
② お助け人情剣

完結

③ 剣客の情け
④ 白頭の虎
⑤ 哀しき刺客
⑥ 新たな仲間
⑦ 魔剣供養
⑧ 荒波越えて

孤高の剣聖 林崎重信

① 抜き打つ剣
② 燃え立つ剣

完結

神道無念流 練兵館

① 不殺の剣

完結